POÉSIES

FRANÇAISES

DISTRIBUÉES ET ANNOTÉES

A L'USAGE DES COLLÉGES

PAR LE P. ARSÈNE CAHOUR,

de la Compagnie de Jésus.

TOME DEUXIÈME. — ÉDITION CLASSIQUE.

POEMES DIVERS, ÉPITRES, SATIRES.

Troisième Recueil. — Classe de Quatrième.

PARIS

CHARLES DOUNIOL, LIBRAIRE-ÉDITEUR

RUE DE TOURNON, 29.

1857

POÉSIES FRANÇAISES.

POÉSIES FRANÇAISES

DISTRIBUÉES ET ANNOTÉES

A L'USAGE DES COLLÉGES

PAR LE P. ARSÈNE CAHOUR,

de la Compagnie de Jésus.

TOME DEUXIÈME. — ÉDITION CLASSIQUE.

POÈMES DIVERS, ÉPITRES, SATIRES.

TROISIÈME RECUEIL. — CLASSE DE QUATRIÈME.

PARIS,

CHARLES DOUNIOL, LIBRAIRE-ÉDITEUR,

RUE DE TOURNON, 29.

—

1857

AVERTISSEMENT DE L'ÉDITEUR.

En publiant une seconde édition in-18 de nos deux premiers recueils, destinés aux cours de *grammaire inférieure*, nous n'avions songé qu'à la commodité des enfants qui devaient s'en servir; et les deux formats du même volume ont identiquement reproduit les mêmes fables, les mêmes contes, les mêmes sentences, les mêmes poésies fugitives, pastorales, morales et bibliques. Il n'en sera pas ainsi pour la double édition de cette seconde partie de notre musée. La différence apparaîtra dans le contenu même des pages autant et plus que dans leur nombre et leur dimension. En effet le volume in-8°, suivant la promesse de notre programme, offrira d'abord l'analyse et le dépouillement de nos grands poëmes français, œuvres trop considérables pour être citées en entier; trop imparfaites pour paraître sans critique ; puis un choix d'épîtres, de méditations, de discours, de satires et d'épigrammes. Mais dans l'in-18, imprimé pour des quatrièmes et des troisièmes, à peine trouvera-t-on quelque chose des productions de notre muse héroïque et didactique.

Un mélange de chefs-d'œuvre et de médiocrités, d'éloges et de censure aurait été pour le moins inutile à des élèves qui n'ont pu encore être initiés aux secrets du goût : on nous pardonnera donc sans peine cette exclusion des épopées et des géorgiques françaises dans les recueils édités à l'usage des classes de grammaire.

POÉSIES FRANÇAISES.

PREMIÈRE PARTIE.

POËMES DIDACTIQUES ET DESCRIPTIFS.

L'Art poétique de Boileau devrait se trouver en tête de ce recueil, puisqu'il fut commencé en 1669 et imprimé en 1674. Nous avons dit ailleurs pourquoi nous l'avons réservé pour le volume des humanistes et des rhétoriciens [1].

LA GRACE,

poëme didactique en quatre chants, par Louis Racine [2]. — 1720.

Quand ce petit poëme parut, Voltaire, qui, n'ayant alors que vingt-quatre ans, se rappelait encore le catéchisme qu'il avait appris à Louis-le-Grand, adressa les vers suivants à son auteur :

> Cher Racine, j'ai lu dans tes vers didactiques
> De ton Jansénius les dogmes fanatiques.
> Quelquefois je t'admire et ne te crois en rien.
> Si ton style me plaît, ton Dieu n'est pas le mien :
> Tu m'en fais un tyran, je veux qu'il soit mon père.
> Si ton culte est forcé, le mien est volontaire ;
> De son sang mieux que toi je reconnais le prix :
> Tu le sers en esclave, et je le sers en fils.

On sait comment Voltaire servait Dieu dès cette époque ; mais, tout mauvais chrétien qu'il était dans la pratique et malgré l'incrédulité déjà professée dans ses écrits, il pouvait trouver, au besoin, dans ses

---

[1] Premier recueil, *avant-propos*, page VII, note 1. — [2] Le bon versificateur Racine, fils du grand poëte Racine, comme dit Voltaire, naquit en 1692 et mourut en 1763.

souvenirs de collége des notions plus justes sur la nature de la grâce divine et sur son accord avec la liberté de l'homme que celles de Louis Racine, héritier des doctrines de Port-Royal, où son illustre père et Boileau, son mentor, avaient malheureusement puisé leur théologie. Il fut donc facile à Voltaire de découvrir un fonds de jansénisme sous l'écorce toute catholique de ce poëme et d'entrevoir la grâce *nécessitante* dans l'action souveraine de Dieu sur notre volonté, telle que le poëte l'a décrite, tout en protestant à chaque page qu'elle ne détruit pas notre liberté [1].

Ce n'est pas le lieu de nous étendre sur des questions théologiques aussi ardues que celles de la *délectation victorieuse* et de la *prémotion physique*, dont la défense contre Molina fait le sujet de ces chants. Ajoutons seulement qu'une pareille matière n'était pas faite pour être mise en vers, et que Voltaire eut raison de terminer sa critique en invitant les poëtes au silence sur des controverses réservées aux disputes de l'école :

> Soumettons nos esprits. . . . .
> Et soyons des chrétiens, et non pas des docteurs.

Tout médiocre qu'est ce poëme, on y trouve cependant quelques pages fort poétiques : nous allons citer les plus remarquables.

I

L'AFFRANCHISSEMENT ET LE BONHEUR DES SAINTS AU CIEL.
(Chant II.)

> . . . .
> Oh ! qui me donnera l'aile de la colombe?
> Loin de ce lieu d'horreur, de ce gouffre de maux
> J'irais, je volerais dans le sein du repos [2].

[1] On ne peut donc pas dire que Louis Racine ait été janséniste, malgré les tendances jansénistes de son poëme : il sut s'arrêter à temps. D'ailleurs il se soumit filialement aux avis du Saint-Siége en envoyant ses deux poëmes à Benoît XIV. « Je m'engage sans peine, écrivit-il en 1743 au vicaire de Jésus-Christ, à effacer d'une main prompte même les vers qui flatteraient le plus mon amour-propre s'ils avaient le malheur de déplaire à Votre Sainteté. » Il est remarquable cependant que le cardinal Valenti de Gonzague, en remerciant l'auteur au nom du Souverain Pontife, ait fait un grand éloge du poëme de *la Religion* et n'ait pas dit un mot de celui de *la Grâce*. — [2] Quis dabit mihi pennas sicut columbæ; et volabo et requiescam. (*Ps.* LIV, 6.)

C'est là qu'une éternelle et douce violence
Nécessite des saints l'heureuse obéissance ;
C'est là que de son joug le cœur est enchanté ;
C'est là que sans regret l'on perd sa liberté.
Là de ce corps impur les âmes délivrées,
De la joie ineffable à sa source enivrées
Et riches de ces biens que l'œil ne saurait voir,
Ne demandent plus rien, n'ont plus rien à vouloir.
De ce royaume heureux Dieu bannit les alarmes
Et des yeux de ses saints daigne essuyer les larmes.
C'est là qu'on n'entend plus ni plaintes ni soupirs ;
Le cœur n'a plus alors ni craintes ni désirs.
L'Église enfin triomphe et, brillante de gloire,
Fait retentir le ciel des chants de sa victoire.
Elle chante, tandis qu'esclaves, désolés,
Nous gémissons encor sur la terre exilés.
Près de l'Euphrate assis, nous pleurons sur ses rives [1] ;
Une juste douleur tient nos langues captives.
Et comment pourrions-nous au milieu des méchants,
O céleste Sion, faire entendre tes chants !
Hélas ! nous nous taisons : nos lyres détendues
Languissent en silence aux saules suspendues.
Que mon exil est long ! O tranquille cité !
Sainte Jérusalem, ô chère éternité !
Quand irai-je au torrent de ta volupté pure
Boire l'heureux oubli des peines que j'endure ?
Quand irai-je goûter ton adorable paix ?
Quand verrai-je ce jour qui ne finit jamais ?

---

[1] Ces vers et les suivants sont une paraphrase du Psaume cent trente-sixième : *Super flumina Babylonis ;* et il est facile de reconnaître dans presque tous les autres des expressions et des figures empruntées aux Livres saints. Cette page, écrite dans la langue des prophètes, a tiré de sa source divine une verve, une magnificence et une onction qui, à deux ou trois vers près, la rendent digne de figurer parmi les chefs-d'œuvre de notre muse sacrée. Cependant l'auteur d'Esther n'aurait pas pardonné à son fils ces deux hémistiches qui se répondent : *ni plaintes ni soupirs ; ni craintes ni désirs.*

II

LE TRIOMPHE DE LA GRACE. — CONVERSION DE SAINT AUGUSTIN. (Chant III.)

Tel que brille l'éclair, qui touche au même instant
Des portes de l'aurore aux bornes du couchant;
Tel que le trait fend l'air sans y marquer sa trace,
Tel et plus prompt encor part le coup de la grâce.
Il renverse un rebelle aussitôt qu'il l'atteint :
D'un scélérat affreux un moment fait un saint . . .
Souvent, à nous chercher moins ardente et moins vive,
Par des chemins cachés lentement elle arrive.
Elle n'est pas toujours ce tonnerre perçant
Qui fend un cœur de pierre et, par un coup puissant,
Abat Saul, qu'emportait une rage homicide,
Fait d'un persécuteur un apôtre intrépide,
Arrache Madeleine à ses honteux objets,
Zachée à ses trésors et Pierre à ses filets.
Quelquefois, doux rayon, lumière tempérée,
Elle approche, et le cœur lui dispute l'entrée.
L'esclave dans ses fers quelque temps se débat,
Repousse quelques coups, prolonge le combat.
Oui, l'homme ose souvent, triste et funeste gloire,
Entre son maître et lui balancer la victoire;
Mais le maître poursuit son sujet obstiné,
Et parle de plus près à ce cœur mutiné.
Tantôt par des remords il l'agite et le trouble,
Tantôt par des attraits que sa bonté redouble
Il amollit enfin cette longue rigueur,
Et le vaincu se jette aux pieds de son vainqueur...

Regardons un mortel que la grâce divine
Fait sortir triomphant d'une guerre intestine;

Et du grand Augustin apprenons aujourd'hui
Ce que l'homme est sans Dieu, ce que Dieu peut sur lui [1].

Ma fougueuse jeunesse, ardente pour les crimes,
Me fit courir d'abord d'abîmes en abîmes.
Je vous fuyais, Seigneur; vous ne me quittiez pas,
Et, la verge à la main me suivant pas à pas,
Par d'utiles dégoûts vous me rendiez amères
Ces mêmes voluptés à tant d'autres si chères.
Vous tonniez sur ma tête; à vos pressants avis
Ma mère s'unissait en pleurant sur son fils.
Je n'entendais alors que le bruit de ma chaîne,
Chaîne de passions qu'un misérable traîne;
Ma mère par ses pleurs ne pouvait m'ébranler,
Et vous tonniez, grand Dieu, sans me faire trembler.

Enfin de mes plaisirs l'ardeur fut amortie :
Je revins à moi-même et détestai ma vie.
Je voyais le chemin, j'y voulais avancer;
Mais un funeste poids me faisait balancer.
J'avais trouvé, j'aimais cette perle si belle
Sans pouvoir me résoudre à tout vendre pour elle.
Par deux puissants rivaux tour à tour attiré,
J'étais de leurs combats au dedans déchiré.
Mon Dieu m'aimait encore, et sa bonté suprême
A mes tristes regards me présentait moi-même.
Hélas ! qu'en ce moment je me trouvais affreux;
Mais j'oubliais bientôt mon état malheureux :
Un sommeil léthargique accablait ma paupière.
M'éveillant quelquefois, je cherchais la lumière,
Et dès qu'un faible jour paraissait se lever
Je refermais les yeux de peur de le trouver.
Une voix me criait : Sors de cette demeure !

[1] Tout ce magnifique tableau du combat intérieur de saint Augustin est tiré
de ses *Confessions*, que le poëte n'a guère fait que traduire.

Et moi je répondais : Un moment, tout à l'heure.
Mais ce fatal moment ne pouvait point finir,
Et cette heure toujours différait à venir.
De mes premiers plaisirs la troupe enchanteresse,
Voltigeant près de moi, me répétait sans cesse :
Nous t'offrons tous nos biens, et tu veux nous quitter !
Sans nous, sans nos douceurs qui peut se contenter ?
Le sage en nous cherchant trouve un secours facile :
Son corps est satisfait, et son âme est tranquille.
Mortels, vivez heureux et profitez du temps ;
Du torrent de la joie enivrez tous vos sens ;
Fuyez de la vertu l'importune tristesse ;
Couchez-vous sur les fleurs, dormez dans la mollesse.
Et toi que dès longtemps nos bienfaits ont charmé,
Crois-tu donc qu'avec nous ton cœur accoutumé
Puisse ainsi s'arracher aux délices qu'il aime ?
Hélas ! en nous perdant tu te perdras toi-même.
Mais devant moi l'aimable et douce chasteté,
D'un air pur et serein, pleine de majesté,
Me montrant ses amis de tout sexe et tout âge,
Avec un ris moqueur me tenait ce langage :
Tu m'aimes, je t'appelle ; et tu n'oses venir !
Faible et lâche Augustin, qui peut te retenir ?
Ce que d'autres ont fait, ne le pourras-tu faire ?
Incertain, chancelant, à toi-même contraire,
Tu veux rompre tes fers ; tu veux et ne veux plus.
Ne fixeras-tu point tes pas irrésolus ?
Regarde à mes côtés ces colombes fidèles ;
Pour voler jusqu'à moi Dieu leur donna des ailes :
Ce Dieu t'ouvre son sein, jette-toi dans ses bras.
Hélas ! je le savais, mais je n'y courais pas.

Un jour, enfin lassé de cette vive guerre,
Je pleurais, je criais, je m'agitais par terre,
Quand tout à coup, frappé d'un son venu des cieux

Et des mots du saint Livre où je jetai les yeux,
L'orage se calma, mes troubles s'apaisèrent :
Par votre main, Seigneur, mes chaînes se brisèrent.
Mon esprit ne fut plus vers la terre courbé,
Je sortis de la fange où j'étais embourbé.
Ma volonté changea; ce qui vous est contraire
Me déplut, et j'aimai tout ce qui peut vous plaire.
Ma mère, qu'à vos pieds vous vîtes tant de fois
Pleurer sur un ingrat rebelle à votre voix,
Ma tendre mère enfin sortit de ses alarmes,
Et retrouva vivant le fils de tant de larmes.
Je connus bien alors que votre joug est doux.
Non, Seigneur, il n'est rien qui soit semblable à vous.
Dès ici-bas ma bouche, unie avec les anges,
Ne se lassera point de chanter vos louanges.
Je n'aimerai que vous; vous serez désormais
Ma gloire, mon salut, mon asile, ma paix.
O loi sainte! ô loi chère! ô douceur éternelle!
Ineffable grandeur! beauté toujours nouvelle!
Vérité qui trop tard avez su me charmer,
Hélas! que j'ai perdu de temps sans vous aimer [1].

III

LA GRANDEUR DE DIEU ET LA SOUMISSION DUE A SES DÉCRETS.
(Chant IV.)

Ne lui demandons point compte de ses décrets :
Qui pourra d'injustice accuser ses arrêts?
L'homme, ce vil amas de boue et de poussière,
Soutiendrait-il jamais l'éclat de sa lumière?
Ce Dieu d'un seul regard confond toute grandeur :
Des astres devant lui s'éclipse la splendeur.

[1] Sero te amavi, pulchritudo tam antiqua et tam nova, sero te amavi.
(*Confess.* lib. x, c. 27.)

1.

Prosterné près du trône où sa gloire étincelle,
Le chérubin tremblant se couvre de son aile.
Rentrez dans le néant, mortels audacieux!
Il vole sur les vents, il s'assied sur les cieux;
Il a dit à la mer : Brise-toi sur ta rive,
Et dans son lit étroit la mer reste captive.
Les foudres vont porter ses ordres confiés [1],
Et les nuages sont la poudre de ses pieds.
C'est ce Dieu qui d'un mot éleva nos montagnes,
Suspendit le soleil, étendit nos campagnes,
Qui pèse l'univers dans le creux de sa main.
Notre globe à ses yeux est semblable à ce grain
Dont le poids fait à peine incliner la balance.
Il souffle, et de la mer tarit le gouffre immense.
Nos vœux et nos encens sont dus à son pouvoir ;
Cependant quel honneur en peut-il recevoir?
Quel bien lui revient-il de nos faibles hommages?
Lui seul il est sa fin, il s'aime en ses ouvrages...
S'il ne veut plus de moi, je tombe, je péris;
S'il veut m'aimer encor, je respire, je vis.
Ce qu'il veut, il l'ordonne; et son ordre suprême
N'a pour toute raison que sa volonté même.
Qui suis-je pour oser murmurer de mon sort,
Moi conçu dans le crime, esclave de la mort?
Quoi! le vase pétri d'une matière vile
Dira-t-il au potier : Pourquoi suis-je d'argile . . .
O sage profondeur! ô sublimes secrets!
J'adore un Dieu caché, je tremble et je me tais.

---

[1] Ce mot sent tout à la fois la gêne du mètre et le besoin de la rime. Il aurait fallu dire *confiés à leur colère*, ou bien *les ordres qu'il leur a confiés*.

LA RELIGION,

poëme didactique en six chants, par LOUIS RACINE. — 1742.

Ce poëme est moins parfait que *l'Art Poétique* de Boileau, parce qu'il est moins soutenu : il lui serait supérieur si tous ses chants avaient autant de vie et de couleur que le premier. Car, sans avoir moins de logique dans l'ensemble, il a plus d'élévation et d'ampleur dans le sujet, plus de sublimité dans quelques pages. En fait de poésie didactique et descriptive, le tableau des merveilles de la nature est, sans contredit, ce que notre muse a produit de plus remarquable. Delille, dans ses *Jardins*, aura généralement plus d'aisance; mais sa pensée sera moins ferme et moins pleine, et sa philosophie moins sûre. On reconnaît encore dans le poëme de *la Religion* la logique et le génie du siècle qui allait s'éteindre dans le fils de Jean Racine et l'élève de Despréaux. Mais ce dernier rayon du grand siècle n'a doré que çà et là les peintures de ce poëme; il a pâli dès la seconde moitié du premier chant, et le reste n'a plus eu, à quelques exceptions près, que la sagesse terne d'une thèse philosophique.

> La raison dans mes vers conduit l'homme à la foi;
> C'est elle qui, portant son flambeau devant moi,
> M'encourage à chercher mon appui véritable,
> M'apprend à le connaître et me le rend aimable.
> Faux sages, faux savants, indociles esprits,
> Un moment, fiers mortels, suspendez vos mépris.
> La raison, dites-vous, doit être notre guide.
> A tous mes pas aussi cette raison préside.
> Et vous qui du saint joug connaissez tout le prix,
> C'est encore pour vous que ces vers sont écrits.
> Celui que la grandeur remplit de son ivresse
> Relit avec plaisir ses titres de noblesse :
> Ainsi le vrai chrétien recueille avec ardeur
> Les preuves de sa foi, titres de sa grandeur,
> Doux trésor qui d'une âme à ses biens attentive
> Rend l'amour plus ardent, l'espérance plus vive.

L'existence de Dieu étant le fondement de toute religion, le poëte

en a fait le sujet de son premier chant. Il en donne trois preuves que,
pour plus de clarté, nous distinguerons par des titres.

I

L'EXISTENCE DE DIEU PROCLAMÉE PAR LES MERVEILLES DE LA NATURE.

Les cieux. — La mer. — La terre; sa fécondité. — Les oiseaux et les insectes.
La structure du corps humain. (Chant Ier.)

Oui, c'est un Dieu caché que le Dieu qu'il faut croire;
Mais, tout caché qu'il est, pour révéler sa gloire
Quels témoins éclatants devant moi rassemblés!
Répondez, cieux et mers; et vous, terre, parlez.

Quel bras peut vous suspendre, innombrables étoiles?
Nuit brillante, dis-nous qui t'a donné tes voiles.
O cieux, que de grandeur et quelle majesté [1]
J'y reconnais un maître à qui rien n'a coûté
Et qui dans vos déserts a semé la lumière
Ainsi que dans nos champs il sème la poussière.
Toi qu'annonce l'aurore, admirable flambeau,
Astre toujours le même, astre toujours nouveau,
Par quel ordre, ô soleil, viens-tu du sein de l'onde
Nous rendre les rayons de ta clarté féconde?
Tous les jours je t'attends, tu reviens tous les jours:

---

[1] « La grandeur des corps célestes nous paraît inconcevable. Saturne, disent
nos astronomes, est quatre mille fois plus gros que la terre ; Jupiter huit
mille fois; le soleil un million de fois. Notre imagination se perd dans l'espace
immense qui renferme tous ces grands corps. C'est une sphère infinie, dit
Pascal, dont le centre est partout, la circonférence nulle part. La petitesse des
animaux que le microscope nous fait découvrir est également inconcevable;
en sorte que nous nous trouvons placés entre deux infinis, l'un en grandeur,
l'autre en petitesse, et que notre imagination se perd dans tous les deux. »
(Note de l'auteur.)

Est-ce moi qui t'appelle et qui règle ton cours?
Et toi dont le courroux veut engloutir la terre,
Mer terrible, en ton lit quelle main te resserre?
Pour forcer ta prison tu fais de vains efforts :
La rage de tes flots expire sur tes bords.
Fais sentir ta vengeance à ceux dont l'avarice
Sur ton perfide sein va chercher son supplice [1].
Hélas! prêts à périr, t'adressent-ils leurs vœux?
Ils regardent le ciel, secours des malheureux.
La nature, qui parle en ce péril extrême,
Leur fait lever les mains vers l'asile suprême,
Hommage que toujours rend un cœur effrayé
Au Dieu que jusqu'alors il avait oublié.

La voix de l'univers à ce Dieu me rappelle :
La terre le publie. Est-ce moi, me dit-elle,
Est-ce moi qui produis mes riches ornements?
C'est celui dont la main posa mes fondements.
Si je sers tes besoins, c'est lui qui me l'ordonne :
Les présents qu'il me fait c'est à toi qu'il les donne.
Je me pare des fleurs qui tombent de sa main ;
Il ne fait que l'ouvrir et m'en remplit le sein.
Pour consoler l'espoir du laboureur avide
C'est lui qui dans l'Égypte, où je suis trop aride,
Veut qu'au moment prescrit le Nil, loin de ses bords,
Répandu sur la plaine y porte mes trésors.
A de moindres objets tu peux le reconnoître :
Contemple seulement l'arbre que je fais croître [2].
Mon suc, dans la racine à peine répandu,
Du tronc qui le reçoit à la feuille est rendu.
La feuille le demande, et la branche fidèle,
Prodigue de son bien, le partage avec elle.
De l'éclat de ses fruits justement enchanté,

1 Dans ces deux vers l'expression manque de justesse et la pensée est embarrassée. — 2 *Croître* et *reconnaître* ne riment plus ensemble aujourd'hui.

Ne méprise jamais ces plantes sans beauté,
Troupe obscure et timide, humble et faible vulgaire :
Si tu sais découvrir leur vertu salutaire,
Elles pourront servir à prolonger tes jours;
Et ne t'afflige pas si les leurs sont si courts.
Toute plante, en naissant, déjà renferme en elle
D'enfants qui la suivront une race immortelle :
Chacun de ces enfants, dans ma fécondité,
Trouve un gage nouveau de sa postérité.
Ainsi parle la terre; et, charmé de l'entendre,
Quand je vois par ces nœuds que je ne puis comprendre
Tant d'êtres différents l'un à l'autre enchaînés,
Vers une même fin constamment entraînés,
A l'ordre général conspirer tous ensemble,
Je reconnais partout la main qui les rassemble,
Et d'un dessein si grand j'admire l'unité
Non moins que la sagesse et la simplicité.

Mais pour toi que jamais ces miracles n'étonnent,
Stupide spectateur des biens qui t'environnent,
O toi qui follement fais ton dieu du hasard [1],
Viens me développer ce nid qu'avec tant d'art,
Au même ordre toujours architecte fidèle,
A l'aide de son bec maçonne l'hirondelle.
Comment, pour élever ce hardi bâtiment,
A-t-elle, en le broyant, arrondi son ciment?
Et pourquoi ces oiseaux, si remplis de prudence,
Ont-ils de leurs enfants su prévoir la naissance?
Que de berceaux pour eux aux arbres suspendus!
Sur le plus doux coton que de lits étendus!
Le père vole au loin, cherchant dans la campagne

---

[1] « Les matérialistes ne se servent pas du nom de *hasard*, mais de celui
de *nécessité*. Les personnes éclairées comprennent aisément que je puis
également me servir de l'un ou de l'autre de ces termes, puisqu'ils désignent
la même chose, c'est-à-dire des effets sans cause. » (*Note de l'auteur.*)

Des vivres qu'il rapporte à sa tendre compagne ;
Et la tranquille mère, attendant son secours,
Échauffe dans son sein le fruit de leurs amours.
Des ennemis souvent ils repoussent la rage,
Et dans de faibles corps s'allume un grand courage.
Si chèrement aimés, leurs nourrissons un jour
Aux fils qui naîtront d'eux rendront le même amour.
Quand des nouveaux zéphyrs l'haleine fortunée
Allumera pour eux le flambeau d'hyménée,
Fidèlement unis par leurs tendres liens,
Ils rempliront les airs de nouveaux citoyens,
Innombrable famille où bientôt tant de frères
Ne reconnaîtront plus leurs aïeux ni leurs pères.
Ceux qui, de nos hivers redoutant le courroux,
Vont se réfugier dans des climats plus doux
Ne laisseront jamais la saison rigoureuse
Surprendre parmi nous leur troupe paresseuse.
Dans un sage conseil par les chefs assemblé
Du départ général le grand jour est réglé.
Il arrive, tout part ; le plus jeune peut-être
Demande, en regardant les lieux qui l'ont vu naître,
Quand viendra ce printemps par qui tant d'exilés
Dans les champs paternels se verront rappelés.

A nos yeux attentifs que le spectacle change.
Retournons sur la terre, où, jusque dans la fange,
L'insecte nous appelle, et, certain de son prix,
Ose nous demander raison de nos mépris.
De secrètes beautés quel amas innombrable !
Plus l'auteur s'est caché, plus il est admirable.
Quoiqu'un fier éléphant, malgré l'énorme tour
Qui de son vaste dos me cache le contour,
S'avance sans ployer sous ce poids qu'il méprise,
Je ne t'admire pas avec moins de surprise,
  Toi qui vis dans la boue et traînes ta prison,

Toi que souvent ma haine écrasé avec raison,
Toi-même, insecte impur, quand tu me développes
Les étonnants ressorts de tes longs télescopes,
Oui, toi, lorsqu'à mes yeux tu présentes les tiens
Qu'élèvent par degrés leurs mobiles soutiens :
C'est dans un faible objet, imperceptible ouvrage,
Que l'art de l'ouvrier me frappe davantage.

Dans un champ de blés mûrs tout un peuple prudent
Rassemble pour l'État un trésor abondant.
Fatigués du butin qu'ils traînent avec peine,
De faibles voyageurs arrivent sans haleine
A leurs greniers publics, immenses souterrains,
Où par eux en monceaux sont élevés ces grains
Dont le père commun de tous tant que nous sommes
Nourrit également les fourmis et les hommes.
Et tous, nourris par lui, nous passons sans retour,
Tandis qu'une chenille est rappelée au jour !
De l'empire de l'air cet habitant volage,
Qui porte à tant de fleurs son inconstant hommage
Et leur ravit un suc qui n'était pas pour lui,
Chez ses frères rampants, qu'il méprise aujourd'hui,
Sur la terre autrefois traînant sa vie obscure,
Semblait vouloir cacher sa honteuse figure.
Mais les temps sont changés : sa mort fut un sommeil.
On le vit, plein de gloire à son brillant réveil,
Laissant dans le tombeau sa dépouille grossière,
Par un sublime essor voler vers la lumière...

Le roi pour qui sont faits tant de bien précieux,
L'homme, élève un front noble et regarde les cieux.
Ce front, vaste théâtre où l'âme se déploie,
Est tantôt éclairé des rayons de la joie,
Tantôt enveloppé du chagrin ténébreux.
L'amitié tendre et vive y fait briller ses feux,

Qu'en vain veut imiter, dans son zèle perfide,
La trahison, que suit l'envie au teint livide.
Un mot y fait rougir la timide pudeur;
Le mépris y réside ainsi que la candeur,
Le modeste respect, l'imprudente colère,
La crainte et la pâleur, sa compagne ordinaire,
Qui dans tous les périls funestes à mes jours,
Plus prompte que ma voix, appelle du secours.
A me servir aussi cette voix empressée
Loin de moi, quand je veux, va porter ma pensée :
Messagère de l'âme, interprète du cœur,
De la société je lui dois la douceur.
Quelle foule d'objets l'œil réunit ensemble !
Que de rayons épars ce cercle étroit rassemble !
Tout s'y peint tour à tour. Le mobile tableau
Frappe un nerf qui l'élève et le porte au cerveau.
D'innombrables filets, ciel ! quel tissu fragile !
Cependant ma mémoire en a fait son asile,
Et tient dans un dépôt fidèle et précieux
Tout ce que m'ont appris mes oreilles, mes yeux :
Elle y peut à toute heure et remettre et reprendre,
M'y garder mes trésors, exacte à me les rendre.
Là ces esprits subtils, toujours prêts à partir,
Attendent le signal qui les doit avertir.
Mon âme les envoie, et, ministres dociles,
Je les sens répandus dans mes membres agiles :
A peine ai-je parlé qu'ils sont accourus tous.
Invisibles sujets, quel chemin prenez-vous?
Mais qui donne à mon sang cette ardeur salutaire ?
Sans mon ordre il nourrit ma chaleur nécessaire;
D'un mouvement égal il agite mon cœur;
Dans ce centre fécond il forme sa liqueur;
Il vient me réchauffer par sa rapide course;
Plus tranquille et plus froid il remonte à sa source
Et, toujours s'épuisant, se ranime toujours.

Les portes des canaux destinés à son cours
Ouvrent à son entrée une libre carrière,
Prêtes, s'il reculait, d'opposer leur barrière [1].
Ce sang pur s'est formé d'un grossier aliment,
Changement que doit suivre un nouveau changement :
Il s'épaissit en chair dans mes chairs qu'il arrose ;
En ma propre substance il se métamorphose.
De cet ordre secret reconnaissons l'auteur.
Fut-il jamais des lois sans un législateur ?

. . . .

Reconnaissons du moins celui par qui nous sommes,
Celui qui fait tout vivre et qui fait tout mouvoir.
S'il donne l'être à tout, l'a-t-il pu recevoir ?
Il précède les temps, qui dira sa naissance ?
Par lui l'homme, le ciel, la terre, tout commence,
Et lui seul, infini, n'a jamais commencé.

II

L'EXISTENCE DE DIEU PROCLAMÉE PAR L'INTELLIGENCE DE L'HOMME.

L'idée d'un Dieu est commune à tous les hommes ; et l'idolâtrie elle-même la démontre en la défigurant. — L'athéisme de quelques nations sauvages. (Chant Ier, suite.)

Oui, je trouve partout des respects unanimes,
Des temples, des autels, des prêtres, des victimes [2] :
Le Ciel reçut toujours nos vœux et nos encens.
Nous pouvons, je l'avoue, esclaves de nos sens,
De la divinité défigurer l'image.

[1] « Les veines et les vaisseaux lymphatiques ont, d'espace en espace, des valvules qui font l'office d'une soupape dans une pompe, c'est-à-dire qui s'ou-vrent d'un côté et se ferment de l'autre, pour ouvrir le passage à la liqueur et l'empêcher de retourner vers les parties d'où elle vient. » (*Note de l'auteur.*) —
[2] « On n'a jamais trouvé aucune nation, même dans le nouveau monde, qui n'eût un culte établi en l'honneur de quelque divinité ; et ce consentement de toutes les nations doit être regardé, suivant Cicéron, comme la loi de la nature : *Omni in re consensio omnium gentium lex naturæ putanda est.* » (*Note de l'auteur.*)

A des dieux mugissants l'Égypte rend hommage;
Mais dans ce bœuf impur qu'elle daigne honorer
C'est un dieu cependant qu'elle croit adorer.
L'esprit humain s'égare; et, follement crédules,
Les peuples se sont fait des maîtres ridicules.
Ces maîtres toutefois, par l'erreur encensés,
Jamais impunément ne furent offensés :
On détesta Mézence ainsi que Salmonée,
Et l'horreur suit encor le nom de Capanée.
Un impie en tout temps fut un monstre odieux;
Et quand, pour me guérir de la crainte des dieux,
Épicure en secret médite son système,
Aux pieds de Jupiter je l'aperçois lui-même.
Surpris de son aveu, je l'entends en effet
Reconnaître un pouvoir dont l'homme est le jouet,
Un ennemi caché qui réduit en poussière
De toutes nos grandeurs la pompe la plus fière.
Peuples, rois, vous mourez, et vous, villes, aussi.
Là gît Lacédémone, Athènes fut ici.
Quels cadavres épars dans la Grèce déserte !
Et que vois-je partout? La terre n'est couverte
Que de palais détruits, de trônes renversés,
Que de lauriers flétris, que de sceptres brisés.
Où sont, fière Memphis, tes merveilles divines?
Le temps a dévoré jusques à tes ruines.
Que de riches tombeaux élevés en tous lieux,
Superbes monuments qui portent jusqu'aux cieux
Du néant des humains l'orgueilleux témoignage !
A ce pouvoir si craint tout mortel rend hommage.
Aux pieds de son idole un barbare à genoux
D'un Être destructeur vient fléchir le courroux.
Être altéré de sang, je te vais satisfaire;
Que cette autre victime apaise ta colère;
J'arrose ton autel du sang de cet agneau.
N'en es-tu pas content? te faut-il un taureau?

Faut-il une hécatombe à ta haine implacable?
Pour mieux me remplacer te faut-il mon semblable?
Faut-il mon fils? je viens l'égorger devant toi[1].
De ce sang enivré, cruel, épargne-moi.

Ces épaisses forêts qui couvrent les contrées
Par un vaste Océan des nôtres séparées
Renferment, dira-t-on, de tranquilles mortels
Qui jamais à des dieux n'ont élevé d'autels.
Quand d'obscurs voyageurs racontent ces nouvelles,
Croirai-je des témoins tant de fois infidèles[2]?
Supposons cependant tous leurs rapports certains;
Comment opposerais-je au reste des humains
Un stupide sauvage errant à l'aventure,
A peine de nos traits conservant la figure,
Un misérable peuple égaré dans les bois,
Sans maîtres, sans États, sans villes et sans lois?
Qu'à bon droit, libertins, vous êtes méprisables
Lorsque dans ces forêts vous cherchez vos semblables?

III

L'EXISTENCE DE DIEU PROCLAMÉE PAR LA CONSCIENCE
DE L'HOMME.

La loi naturelle est écrite dans la conscience de tous les hommes, même dans celle des sauvages et des plus grands criminels; elle est antérieure à toutes les lois humaines; elle est contraire à nos passions : elle suppose donc un législateur éternel et suprême. (Chant Ier, suite et fin.)

Ces hommes toutefois à ce point abrutis,
Dans la nuit de leurs sens tristement engloutis,

[1] « Chez tous les peuples du monde les hommes ont sacrifié leurs semblables. « L'homme, dit Bossuet, troublé par le sentiment de son crime et regardant la divinité comme ennemie, crut ne pouvoir l'apaiser par des victimes ordinaires; il fallut verser le sang humain. » (*Note de l'auteur.*) — [2] « Quand ces témoignages seraient véritables, que prouveraient-ils? Un sauvage est comme un enfant dans lequel la raison ne s'est pas encore développée. » (*Note de l'auteur.*)

Montrent quelques rayons d'une image divine,
Restes défigurés d'une illustre origine.
Il est une justice et des devoirs pour eux :
Du sang qui les unit ils connaissent les nœuds.
Au plus barbare époux la tendre épouse est chère.
Il chérit son enfant, il respecte son père.
La nature sur nous ne perd point tous ses droits.
Mais ces droits que sont-ils? D'imaginaires lois,
Quand d'un Être vengeur j'ai secoué la crainte,
Ne peuvent sur mon âme établir leur contrainte.
C'est pour moi que je vis, je ne dois rien qu'à moi.
La vertu n'est qu'un nom, mon plaisir est ma loi.

Ainsi parle l'impie, et lui-même est l'esclave
De la foi, de l'honneur, de la vertu, qu'il brave :
Dans ses honteux plaisirs s'il cherche à se cacher,
Un éternel témoin les lui vient reprocher :
Son juge est dans son cœur, tribunal où réside
Le censeur de l'ingrat, du traître, du perfide.
Par ses affreux complots nous a-t-il outragés,
La peine suit de près, et nous sommes vengés.
De ses remords secrets triste et lente victime,
Jamais un criminel ne s'absout de son crime.

Sous des lambris dorés ce triste ambitieux
Vers le ciel sans pâlir n'ose lever les yeux.
Suspendu sur sa tête, un glaive redoutable
Rend fades tous les mets dont on couvre sa table [1].
Le cruel repentir est le premier bourreau
Qui dans un sein coupable enfonce le couteau.
Des chagrins dévorants attachés sur Tibère
La cour de ses flatteurs veut en vain le distraire.

---

[1] « Damoclès, lâche flatteur de Denys le Tyran, en vantait le bonheur. Il changea de langage lorsque, invité par ce prince à un festin et assis comme lui sur un lit superbe, il aperçut une épée suspendue sur sa tête par un fil. » (*Note de l'auteur.*)

Maître du monde entier, qui peut l'inquiéter?
Quel juge sur la terre a-t-il à redouter?
Cependant il se plaint, il gémit, et ses vices
Sont ses accusateurs, ses juges, ses supplices;
Toujours ivre de sang et toujours altéré,
Enfin par ses forfaits au désespoir livré,
Lui-même étale aux yeux du sénat qu'il outrage
De son cœur déchiré la déplorable image[1].
Il périt chaque jour consumé de regrets,
Tyran plus malheureux que ses tristes sujets.

Ainsi de la vertu les lois sont éternelles.
Les peuples ni les rois ne peuvent rien contre elles :
Les dieux que révéra notre stupidité
N'obscurcirent jamais sa constante beauté;
Et les Romains, enfants d'une impure déesse[2],
En dépit de Vénus admirèrent Lucrèce.

Je veux perdre un rival. Qui me retient le bras?
Je le veux, je le puis, et je n'achève pas.
Je crains plus de mon cœur le sanglant témoignage
Que la sévérité de tout l'aréopage.
La vertu, qui n'admet que de sages plaisirs,
Semble d'un ton trop dur gourmander nos désirs.
Mais, quoique pour la suivre il coûte quelques larmes,
Tout austère qu'elle est, nous admirons ses charmes.
Jaloux de ses appas, dont il est le témoin,
Le vice, son rival, la respecte de loin.
Sous ses nobles couleurs souvent il se déguise
Pour consoler du moins l'âme qu'il a surprise.
Adorable vertu, que tes divins attraits

[1] « Dans cette fameuse lettre dont le désordre fait dire à Tacite que si on ouvrait le cœur des tyrans on verrait comme ils sont déchirés. » (*Note de l'auteur.*) — [2] « Les Romains se vantaient d'être les enfants de Mars et de Vénus. » (*Note de l'auteur.*)

Dans un cœur qui te perd laissent de longs regrets!
De celui qui te hait ta vue est le supplice.
Parais; que le méchant te regarde, et frémisse.
La richesse, il est vrai, la fortune te fuit;
Mais la paix t'accompagne et la gloire te suit.
Et, perdant tout pour toi, l'heureux mortel qui t'aime,
Sans biens, sans dignités, se suffit à lui-même.
Mais lorsque nous voulons sans toi nous contenter,
Importune vertu, pourquoi nous tourmenter?
Pourquoi par des remords nous rendre misérables?
Qui t'a donné ce droit de punir les coupables?

Qui te pourra, grand Dieu, méconnaître à ces traits?
Tu nous parles sans cesse, et les hommes distraits
N'écoutent point la voix qui frappe leurs oreilles.
Tu fais briller partout tes dons et tes merveilles;
Mais sur la terre, hélas! admirant tes bienfaits,
Nos regards jusqu'à toi ne remontent jamais;
Quelque maître nouveau sans cesse nous entraîne,
Et d'objets en objets notre âme se promène
Tandis que de toi seul nous restons séparés.
Quel crime, quelle erreur nous a donc égarés?
Nos malheurs, ô mon Dieu, seraient-ils sans ressource?
Sondons leurs profondeurs, remontons à leur source.
Que l'homme maintenant se présente à mes yeux;
Quand je l'aurai connu, je te connaîtrai mieux.

Cette conclusion du premier chant sert de passage au second, dans
lequel le poëte, convaincu de l'existence d'un Dieu, va étudier l'âme
de l'homme et prouver son immortalité.

IV

L'IMMORTALITÉ DE L'AME.

Objections tirées de l'assujettissement de l'âme au corps. — Preuves tirées de la simplicité de l'âme, du désir des biens immortels, commun à tous les hommes, des récompenses dues à la vertu dans une vie meilleure, du témoignage de la conscience attesté par les mensonges même des anciens poëtes. (Chant II.)

O mort ! est-il donc vrai que nos âmes heureuses
N'ont rien à redouter de tes fureurs affreuses
Et qu'au moment cruel qui nous ravit le jour
Tes victimes ne font que changer de séjour ?
Quoi ! même après l'instant où tes ailes funèbres
M'auront enseveli dans tes noires ténèbres,
Je vivrais ! doux espoir ! que j'aime à m'y livrer !

De quelle ambition tu te vas enivrer !
Dit l'impie : est-ce à toi, vaine et faible étincelle,
Vapeur vile, d'attendre une gloire immortelle ?
Le hasard nous forma, le hasard nous détruit,
Et nous disparaissons comme l'ombre qui fuit.
Malheureux, attendez la fin de vos souffrances ;
Et vous, ambitieux, bornez vos espérances :
La mort vient tout finir, et tout meurt avec nous.
Pourquoi, lâches humains, pourquoi la craignez-vous ?
Qu'est-ce donc qu'un cercueil offre de si terrible ?
Une froide poussière, une cendre insensible.
Là nous ne trouvons plus ni plaisir ni douleur.
Un repos éternel est-il donc un malheur ?
Plongeons-nous sans effroi dans ce muet abîme,
Où la vertu périt aussi bien que le crime ;
Et, suivant du plaisir l'aimable mouvement,
Laissons-nous au tombeau conduire mollement.

A ces mots insensés le maître de Lucrèce [1],

[1] Épicure, philosophe grec, qui fonda sa doctrine sur le matérialisme et la volupté.

Usurpant le grand nom d'ami de la sagesse,
Joint la subtilité de ses faux arguments;
Lucrèce de ses vers prête les ornements [1],
De la noble harmonie indigne et triste usage !
Épicure avec lui m'adresse ce langage :
Cet esprit, ô mortels, qui vous rend si jaloux
N'est qu'un feu qui s'allume et s'éteint avec nous.
Quand par d'affreux sillons l'implacable vieillesse
A sur un front hideux imprimé la tristesse;
Que dans un corps courbé sous un amas de jours
Le sang comme à regret semble achever son cours;
Lorsqu'en des yeux couverts d'un lugubre nuage
Il n'entre des objets qu'une infidèle image;
Qu'en débris chaque jour le corps tombe et périt,
En ruines aussi je vois tomber l'esprit.
L'âme mourant alors, flambeau sans nourriture,
Jette par intervalle une lueur obscure.
Triste destin de l'homme ! il arrive au tombeau
Plus faible, plus enfant qu'il ne l'est au berceau [2].
La mort du coup fatal sape enfin l'édifice :
Dans un dernier soupir achevant son supplice,

[1] Dans son poëme impie, *De natura rerum*, qui n'est qu'une exposition en vers de la doctrine d'Épicure. Le cardinal de Polignac l'a réfuté dans un beau poëme, latin aussi, qui a pour titre : *l'Anti-Lucrèce*. — [2] Tout ce passage est une admirable traduction de ces vers où Lucrèce se sert de l'assujettissement de l'âme au corps pour prouver qu'elle est caduque et mortelle :

> Præterea gigni pariter cum corpore et una
> Crescere sentimus, pariterque senescere mentem. . .
> Post ubi jam validis quassatum est viribus ævi
> Corpus, et obtusis ceciderunt viribus artus,
> Claudicat ingenium; delirat linguaque mensque.

Soit, répond le cardinal de Polignac; mais cet affaiblissement de l'esprit ne vient que de celui des organes qui le servent : c'est le corps qui revient aux misères de l'enfance, ce n'est pas l'âme :

> . . . . hebescit
> Machina, fitque senex iterum puer : unde necesse est
> Huic simul addictam rursum repuerascere mentem,
> Non per se, verum quia paulatim organa cessant.

Lorsque, vide de sang, le cœur reste glacé,
Son âme s'évapore, et tout l'homme est passé.
Sur la foi de tes chants, ô dangereux poëte,
D'un maître trop fameux trop fidèle interprète,
De mon heureux espoir désormais détrompé,
Je dois donc, du plaisir à toute heure occupé,
Consacrer les moments de ma course rapide
A la divinité que tu choisis pour guide,
Et la mère des jeux, des ris et des amours
Doit ainsi qu'à tes vers présider à mes jours.
Si l'homme cependant au bout de sa carrière
N'a plus que le néant pour attente dernière,
Comment puis-je goûter ces plaisirs peu flatteurs,
Du destin qui m'attend faibles consolateurs?
Tu veux me rassurer, et tu me désespères.
Vivrai-je dans la joie au milieu des misères,
Quand même je n'ai pas où reposer un cœur
Las de tout parcourir en cherchant son bonheur?
Rois, sujets, tout se plaint, et nos fleurs les plus belles
Renferment dans leur sein des épines cruelles :
L'amertume secrète empoisonne toujours
L'onde qui nous paraît si claire dans son cours.
C'est le sincère aveu que me fait Épicure :
L'orateur du plaisir m'en apprend la nature [2].
J'abandonne ce maître. O raison, viens à moi!
Je veux seul méditer et m'instruire avec toi.

Je pense. La pensée, éclatante lumière,
Ne peut sortir du sein de l'épaisse matière.

---

[1] Vénus, que Lucrèce invoque au début de son poëme et dont il fait, comme les musulmans, la joie des cieux aussi bien que de la terre : *Hominum divumque voluptas.* — [2] C'est en effet ce qu'avoue Lucrèce, interprète d'Épicure :

> Usque adeo de fonte leporum
> Surgit amari aliquid, quod in ipsis floribus angat!

J'entrevois ma grandeur. Ce corps lourd et grossier
N'est donc pas tout mon bien, n'est pas moi tout entier.
Quand je pense, chargé de cet emploi sublime,
Plus noble que mon corps, un autre être m'anime.
Je trouve donc qu'en moi, par d'admirables nœuds,
Deux êtres opposés sont réunis entre eux :
De la chair et du sang le corps vil assemblage;
L'âme, rayon de Dieu, son souffle, son image.
Ces deux êtres, liés par des nœuds si secrets,
Séparent rarement leurs plus chers intérêts :
Leurs plaisirs sont communs aussi bien que leurs peines.
L'âme, guide du corps, doit en tenir les rênes;
Mais, par des maux cruels quand le corps est troublé,
De l'âme quelquefois l'empire est ébranlé.
Dans un vaisseau brisé, sans voile, sans cordage,
Triste jouet des vents, victime de leur rage,
Le pilote effrayé, moins maître que les flots,
Veut faire entendre en vain sa voix aux matelots,
Et lui-même avec eux s'abandonne à l'orage :
Il périt; mais le nôtre est exempt du naufrage.
Comment périrait-il? Le coup fatal au corps
Divise ses liens, dérange ses ressorts :
Un être simple et pur n'a rien qui se divise,
Et sur l'âme la mort ne trouve point de prise[1]....
Si du sel ou du sable un grain ne peut périr,
L'être qui pense en moi craindra-t-il de mourir[2]?
Qu'est-ce donc que l'instant où l'on cesse de vivre?

[1] Ce qui est simple ne peut pas être divisé, et est par conséquent indestructible. — [2] Ces deux vers sont la conclusion d'un argument que nous avons abrégé. On peut diviser la matière, on ne peut pas la détruire, parce que ses éléments sont simples, disent les matérialistes, qui la font éternelle. Donc, reprend le poëte, l'âme est éternelle aussi, et à plus forte raison. Il raisonne ici d'après leur système et il les combat par leurs propres armes; c'est, comme on dit, un argument *ad hominem*. Racine ne fait donc que supposer l'éternité de la matière; il ne l'affirme pas. Que Dieu puisse l'anéantir, c'est chose indubitable. Mais nous ignorons si, en détruisant l'univers, il anéantira les éléments simples qui le composent.

L'instant où de ses fers une âme se délivre.
Le corps, né de la poudre, à la poudre est rendu;
L'esprit retourne au ciel, dont il est descendu.
Peut-on lui disputer sa naissance divine?
N'est-ce pas cet esprit, plein de son origine,
Qui, malgré son fardeau, s'élève, prend l'essor,
A son premier séjour quelquefois vole encor [1]
Et revient tout chargé de richesses immenses?
Platon, combien de fois jusqu'au ciel tu t'élances!
Descartes, qui souvent m'y ravis avec toi,
Pascal, que sur la terre à peine j'aperçoi,
Vous qui nous remplissez de vos douces manies,
Poëtes enchanteurs, admirables génies,
Virgile, qui d'Homère appris à nous charmer,
Boileau, Corneille et toi que je n'ose nommer,
Vos esprits n'étaient-ils qu'étincelles légères,
Que rapides clartés et vapeurs passagères?
Que ne puis-je prétendre à votre illustre sort,
O vous dont les grands noms sont exempts de la mort!
Eh! pourquoi, dévoré par cette folle envie,
Vais-je étendre mes vœux au delà de ma vie?
Par de brillants travaux je cherche à dissiper
Cette nuit dont le temps me doit envelopper :
Des siècles à venir je m'occupe sans cesse;
Ce qu'ils diront de moi m'agite et m'intéresse;
Je veux m'éterniser, et dans ma vanité
J'apprends que je suis fait pour l'immortalité.
De tout bien qui périt mon âme est mécontente.
Grand Dieu, c'est donc à toi de remplir mon attente.
Si je dois me borner aux plaisirs d'un instant,
Fallait-il pour si peu m'appeler du néant?
Et si j'attends en vain une gloire immortelle,

---

[1] Il y a ici plus de poésie dans l'image que de vérité dans l'idée. Ce *premier séjour* de l'âme suppose qu'elle habitait en Dieu avant d'être unie au corps : c'est la fausse doctrine de Platon.

Fallait-il me donner un cœur qui n'aimât qu'elle?
Que dis-je? Libre en tout, je fais ce que je veux;
Mais dépend-il de moi de vouloir être heureux?
Pour le vouloir, je sens que je ne suis plus libre.
C'est alors qu'en mon cœur il n'est plus d'équilibre,
Et qu'aspirant toujours à la félicité
Dans mon ambition je suis nécessité.
Quoi! l'homme n'est-il pas l'ouvrage d'un bon maître?
Puisqu'il veut être heureux, il est donc fait pour l'être.
Sur la terre, il est vrai, je vois dans le malheur
La vertu gémissant et le vice en honneur;
Mais j'élève mes yeux vers ce maître suprême,
Et je le reconnais dans ce désordre même :
S'il le permet, il doit le réparer un jour;
Il veut que l'homme espère un plus heureux séjour.
Oui, pour un autre temps l'Être juste et sévère,
Ainsi que sa bonté, réserve sa colère.

Pères des fictions, les poëtes menteurs
De ces dogmes, dit-on, furent les inventeurs;
Et sitôt que la Grèce, ivre de son Homère,
Eut de l'empire sombre admiré la chimère,
Le peuple qu'effrayaient Tisiphone et ses sœurs
D'un charmant Élysée espéra les douceurs.
Pluton fut leur ouvrage, et leurs mains, je l'avoue,
Étendirent jadis Ixion sur sa roue.
L'onde affreuse du Styx, qui coulait sous leurs lois,
Ferma les noirs cachots qu'elle entoura neuf fois.
Ils livrèrent Tantale à des ondes perfides
Qui s'échappaient sans cesse à ses lèvres arides;
Par l'urne de Minos et ses arrêts cruels
Ils jetèrent l'effroi dans l'âme des mortels;
Ils leur firent entendre une ombre malheureuse
Qui, poussant vers le ciel une voix douloureuse,
S'écriait : Par les maux que je souffre en ces lieux

Apprenez, ô mortels, à respecter les dieux !
Hardis fabricateurs de mensonges utiles,
Eussent-ils pu trouver des auditeurs dociles
Sans la secrète voix plus forte que la leur,
Cette voix qui nous crie, au fond de notre cœur,
Qu'un juge nous attend dont la main équitable
Tient de nos actions le compte redoutable ?
Il ne laissera point l'innocent en oubli :
Espérons et souffrons ; tout sera rétabli.

De l'immortalité de l'âme Racine passe à la nécessité d'une révélation divine : c'est le sujet de son troisième chant. Il montre l'authenticité des divines Écritures, et trouve dans les pages de la Bible la solution de tous ses doutes sur l'origine du monde, sur l'état misérable du genre humain châtié pour le crime de nos premiers parents, sur les révolutions de la nature physique, sur l'histoire des arts et des empires, sur la sainteté du culte défiguré par l'idolâtrie. Les prophètes lui annoncent l'avènement d'un Rédempteur.

V

L'AUTHENTICITÉ DES DIVINES ÉCRITURES. (Chant III.)

Elle est démontrée par l'obstination même des Juifs, gardiens aveugles, mais fidèles, des livres où leur châtiment est annoncé, où leur erreur et leur condamnation sont écrites.

Dans ce Livre par eux de tout temps révéré
Le nombre des mots même est un nombre sacré [1] :

[1] « Rien n'est plus surprenant que l'application et l'industrie que les Juifs ont apportées pour préserver la Loi de toute corruption qui aurait pu s'y glisser ou par l'ignorance des copistes ou par la malice de leurs ennemis. Ils ont inventé pour cela la Masore, qu'ils ont appelée *la haie de la Loi* et qui consiste, 1° à marquer par des points-voyelles tous les mots dont l'usage auparavant fixait la lecture ; 2° à compter toutes les sections, les chapitres, les mots et les lettres des mots, les *a*, les *b*, etc., de chaque livre et de tous les livres ensemble. » (*Note de l'auteur.*)

Ils ont peur qu'une main téméraire et profane
N'ose altérer un jour la Loi qui les condamne,
La Loi qui de leur long et cruel châtiment
Montre à leurs ennemis le juste fondement.
Du Dieu qui les poursuit annonçant la justice,
Ils vont porter partout l'arrêt de leur supplice;
Sans villes et sans rois, sans temples, sans autels [1],
Vaincus, proscrits, errants, l'opprobre des mortels,
Pourquoi de tant de maux leur demander la cause?
Va prendre dans leurs mains le Livre qui l'expose.
Là tu suivras ce peuple et liras tour à tour
Ce qu'il fut, ce qu'il est, ce qu'il doit être un jour.
Je m'arrête, et, surpris d'un si nouveau spectacle,
Je contemple ce peuple ou plutôt ce miracle.
Nés d'un sang qui jamais dans un sang étranger,
Après un cours si long, n'a pu se mélanger;
Nés du sang de Jacob, le père de leurs pères,
Dispersés, mais unis, ces hommes sont tous frères.
Même religion, même législateur;
Ils respectent toujours le nom du même auteur;
Et tant de malheureux répandus dans le monde
Ne sont qu'une famille éparse et vagabonde.
Mèdes, Assyriens, vous êtes disparus;
Parthes, Carthaginois, Romains, vous n'êtes plus;
Et toi, fier Sarrasin, qu'as-tu fait de ta gloire?
Il ne reste de toi que ton nom dans l'histoire.
Ces destructeurs d'États sont détruits par le temps,
Et la terre cent fois a changé d'habitants
Tandis qu'un peuple seul, que tout peuple déteste,
S'obstine à nous montrer son déplorable reste [2].

---

[1] « C'est ce que dit le prophète Osée : *Sedebunt filii Israel sine rege et sine principe et sine sacrificio et sine altari.* » (*Note de l'auteur.*) — [2] « Trois choses remarquables sur les Juifs : 1°. leur grand nombre malgré le carnage horrible qui s'en est fait sous les empereurs romains et dans plusieurs persécutions qu'ils ont essuyées depuis; 2° leur dispersion et leur durée sur toute

VI

L'INVENTION DES ARTS ET LE DÉLUGE. (Chant III, suite.)

Après avoir trouvé dans les premières pages de la Genèse l'origine
du genre humain et de ses malheurs, le poëte rencontre les inventeurs
des arts et de l'industrie parmi les petits-fils d'Adam, condamnés
comme lui à vivre du travail de leurs mains.

Le père criminel d'une race proscrite
Peupla d'infortunés une terre maudite.
Pour prolonger des jours destinés aux douleurs,
Naissent les premiers arts, enfants de nos malheurs.
La branche en longs éclats cède au bras qui l'arrache ;
Par le fer façonnée, elle allonge la hache ;
L'homme avec son secours, non sans un long effort,
Ébranle et fait tomber l'arbre dont elle sort ;
Et tandis qu'au fuseau la laine obéissante
Suit une main légère, une main plus pesante
Frappe à coups redoublés l'enclume, qui gémit.
La lime mord l'acier, et l'oreille en frémit.
Le voyageur qu'arrête un obstacle liquide
A l'écorce d'un bois confie un pied timide.
Retenu par la peur, par l'intérêt pressé,
Il avance en tremblant : le fleuve est traversé.
Bientôt ils oseront, les yeux vers les étoiles,
S'abandonner aux mers sur la foi de leurs voiles.....

Tandis que le besoin, l'industrie et le temps
Polissent par degrés tous les arts différents,

la terre malgré la haine de toutes les nations ; 3° leur attachement à leur loi
malgré la raison, qui leur dit que le temps de cette loi est passé. Ce peuple,
qui, sous ses prophètes, sous ses rois, à la vue même de leur temple, était
toujours prêt à embrasser les religions étrangères, est resté depuis sa ruine
constamment attaché à la sienne, pour être de la nôtre une preuve conti-
nuelle et vivante. » (*Note de l'auteur.*)

Enfantés par l'orgueil, tous les crimes en foule
Inondent l'univers; le fer luit, le sang coule.
Le premier que les champs burent avec horreur
Fut le sang qui d'un frère assouvit la fureur.
Ces malheureux, tombant d'abîmes en abîmes,
Fatiguèrent le Ciel par tant de nouveaux crimes
Qu'enfin, lent à punir, mais las d'être outragé,
Par un coup éclatant leur Maître fut vengé.
De la terre aussitôt les eaux couvrent la face :
Ils sont ensevelis; c'était fait de leur race ;
Mais un juste épargné va rendre en peu de temps
A ce monde désert de nouveaux habitants.

VII

LA PAIX DU MONDE A LA NAISSANCE DE JÉSUS-CHRIST.
(Chant IV, début.)

Les empires détruits, les trônes renversés,
Les champs couverts de morts, les peuples dispersés,
Et tous ces grands revers que notre erreur commune
Croit nommer justement les jeux de la fortune
Sont les jeux de celui qui, maître de nos cœurs,
A ses desseins secrets fait servir nos fureurs
Et, de nos passions réglant la folle ivresse,
De ses projets par elle accomplit la sagesse.....
Il veut que l'univers ne soit qu'un seul empire.
L'ambition de Rome à ce dessein conspire;
Mais un État si vaste, en proie aux factions,
Est le règne du trouble et des divisions.
Il veut que sur la terre, aux mêmes lois soumise,
Un paisible commerce en tous lieux favorise
De ses ordres nouveaux les ministres divins :
Ils pourront les porter par de libres chemins.

Si l'univers n'a plus pour maître qu'un seul homme,
C'est ce Dieu qui le veut : la liberté de Rome,
Ranimant ses soldats par César abattus,
Du dernier coup frappée, expire avec Brutus.
Dans ses nombreux vaisseaux une reine [1] ose encore
Rassembler follement les peuples de l'Aurore.
Elle fuit, l'insensée ; avec elle tout fuit,
Et son indigne amant honteusement la suit [2].
Jusqu'à Rome bientôt par Auguste traînées,
Toutes les nations à son char enchaînées,
L'Arabe, le Gélon, le brûlant Africain
Et l'habitant glacé du Nord le plus lointain,
Vont orner du vainqueur la marche triomphante.
Le Parthe s'en alarme, et d'une main tremblante
Rapporte les drapeaux à Crassus arrachés.
Dans leurs Alpes en vain les Rhètes sont cachés ;
La foudre les atteint, tout subit l'esclavage.
L'Araxe mugissant sous un pont qui l'outrage,
De son antique orgueil reçoit le châtiment,
Et l'Euphrate soumis coule plus mollement [3].
Paisible souverain des mers et de la terre,
Auguste ferme enfin le temple de la guerre.
Il est fermé ce temple où par cent nœuds d'airain
La discorde attachée et déplorant en vain
Tant de complots détruits, tant de fureurs trompées,

---

[1] Cléopâtre, reine d'Égypte. — [2] Antoine, mis en fuite avec Cléopâtre à la bataille d'Actium.

Victor ab auroræ popūlis et littore rubro
Ægyptum viresque Orientis et ultima secum
Bactra vehit ; sequiturque (nefas !) ægyptia conjux.

(*Æneid.* VIII, 686.)

Euphrates ibat jam mollior undis ;
Extremique hominum Morini, Rhenusque bicornis,
Indomitique Dahæ et pontem indignatus Araxes.

(*Æneid.* VIII, 726-728.)

Frémit sur un amas de lances et d'épées[1].
Aux champs déshonorés par de si longs combats
La main du laboureur rend leurs premiers appas.
Le marchand loin du port, autrefois son asile,
Fait voler ses vaisseaux sur une mer tranquille[2].

Les poëtes, surpris d'un spectacle si beau,
Sont saisis à l'instant d'un transport tout nouveau.
Ils annoncent que Rome, après tant de miracles,
Va voir le temps heureux prédit par ses oracles.
Un siècle, disent-ils, recommence son cours,
Qui doit de l'âge d'or nous ramener les jours.
Déjà descend du ciel une race nouvelle;
La terre va reprendre une face plus belle;
Tout y reviendra pur, et ses premiers forfaits,
S'il en reste, seront effacés pour jamais[3].
Tant de prédictions qui frappent les oreilles
Font d'un grand changement espérer les merveilles.
Vers l'Orient alors chacun tourne les yeux;
C'est de là qu'on attend ce roi victorieux
Qui, sortant des climats où le jour prend naissance,
Doit soumettre la terre à son obéissance.

Claudentur belli portæ : Furor impius intus,
Sæva sedens super arma et centum vinctus ahenis
Post tergum nodis, fremet horridus ore cruento.

(*Æneid.* I, 298.)

Tutus bos etenim rura perambulat;
Nutrit rura Ceres almaque faustitas;
Pacatum volitant per mare navitæ.

(Hor., *Od.* l. IV, *Od.* V, 17.)]

[3] « Virgile, églogue IVe. Je ne prétends pas appliquer directement au Messie, comme quelques-uns l'ont fait, cette églogue de Virgile ; mais il n'est pas non plus vraisemblable que pour Pollion, Marcellus ou Drusus le poëte eût pris un ton si élevé. Virgile, comme le remarque Servius, plein de la grandeur d'Auguste, entre dans l'enthousiasme et se rappelle la prédiction des Sibylles, *Cumæi carminis.* Ces prédictions d'un maître qui viendrait de l'Orient sont rapportées dans Suétone et dans Tacite. Josèphe, l'historien juif, les applique à Vespasien. » (*Note de l'auteur.*)

VII

LA ROME NOUVELLE. (Chant IV, suite.)

La croix a tout conquis, et l'Église s'écrie :
Comment à tant d'enfants ai-je donné la vie [1]?...
A ce torrent vainqueur Rome longtemps s'oppose,
Et de son Jupiter veut défendre la cause ;
Mais contre elle il est temps de venger les chrétiens.
Du sang de tes enfants, grand Dieu! tu te souviens :
Tant de cris qu'éleva sa fureur idolâtre
Ont assez retenti dans son amphithéâtre ;
Tu vas lui demander compte de ses arrêts.
O Dieu des conquérants! tes vengeurs sont tout prêts,
Et Rome va tomber d'une chute éternelle
Ainsi que Babylone et ta ville infidèle.
Oui, c'est ce même Dieu qui sait à ses desseins
Ramener tous les pas des aveugles humains.
Sous d'orgueilleux vainqueurs quand les villes succombent,
Quand l'affreux contre-coup des empires qui tombent
Dans le monde ébranlé jette au loin la terreur,
Que sont tous ces héros qu'admire notre erreur?
Les ministres d'un Dieu qui punit des coupables,
Instruments de colère et verges méprisables.
Que prétend Attila? que demande Alaric?
Où s'emporte Odoacre? où vole Genseric [2]?
Ils sont, sans le savoir, armés pour la querelle
D'un maître qui du nord tour à tour les appelle.

---

[1] Quis genuit mihi istos... et isti ubi erant?.(Isaïe, 49.) — [2] Alaric, roi des
Goths, saccagea Rome en 409. Attila, roi des Huns, surnommé le fléau de
Dieu, ravagea en 452 plusieurs villes de l'Italie. Il allait à Rome; mais les
prières du pape saint Léon l'arrêtèrent. Trois ans après Genseric, roi des
Vandales, livra de nouveau Rome au pillage. Odoacre, roi des Hérules, acheva
en 476 de détruire l'empire romain en Italie.

Devant leurs bataillons il fait marcher l'horreur :
Rome antique est livrée au barbare en fureur :
De sa cendre renaît une ville plus belle,
Et tout sera soumis à la Rome nouvelle.

Je la vois cette Rome, où d'augustes vieillards,
Héritiers d'un apôtre et vainqueurs des Césars,
Souverains sans armée et conquérants sans guerre,
A leur triple couronne ont asservi la terre.
Le fer n'est pas l'appui de leurs vastes États ;
Leur trône n'est jamais entouré de soldats.
Terrible par ses clefs et son glaive invisible,
Tranquillement assis dans un palais paisible,
Par l'anneau d'un pêcheur autorisant ses lois,
Au rang de ses enfants un prêtre met nos rois.

Dans le cinquième chant Racine parle des obscurités de la foi, et
montre que la raison ne doit pas rejeter les dogmes du christianisme
à cause des ténèbres qui les enveloppent. Il attaque dans le sixième
ceux qui ne sont incrédules que par lâcheté : leur opposition à croire
ne vient que de leur opposition à pratiquer ; ils feraient à la religion
le sacrifice de leurs lumières si elle n'exigeait pas encore le sacrifice
de leurs passions.

On peut voir le jugement que nous avons porté sur les deux derniers chants du poëme de *la Religion* dans l'édition *in-octavo*, dont ce
recueil n'est qu'un extrait. On y trouvera aussi l'analyse et les prin-
cipaux passages des poëmes didactiques et descriptifs sur *l'Agriculture*,
par Rosset ; sur *les Saisons*, par Saint-Lambert ; sur *les Mois*, par
Roucher ; sur *les Jardins* et sur *l'Imagination*, par Delille ; sur *le Jour
des morts dans une campagne*, par Fontanes ; sur *la Manière de lire les
vers*, par François de Neufchâteau ; sur *la Navigation*, par Esménard ;
sur *le Génie de l'homme*, par Chênedollé ; sur *l'Amour maternel*, par
Millevoye.

SECONDE PARTIE.

ÉPITRES DE BOILEAU DESPRÉAUX [1].

ÉPITRE I.

AU ROI.

Sur les avantages de la paix. — 1669.

La paix avait été conclue en 1668. Colbert voulait la maintenir;
Louis XIV songeait à la rompre, et Boileau, pour seconder la sage
politique du ministre, adressa au belliqueux monarque cette poétique
remontrance, qui figure en tête de ses douze épîtres. Quelque délicate qu'elle fût, la présenter et la faire agréer n'était pas chose aisée :
la sœur du maréchal de Vivonne et de la marquise de Montespan,
Mme de Thiange, s'en chargea.

Grand roi, c'est vainement qu'abjurant la satire
Pour toi seul désormais j'avais fait vœu d'écrire.
Dès que je prends la plume, Apollon éperdu
Semble me dire : Arrête, insensé, que fais-tu [2] ?
Sais-tu dans quels périls aujourd'hui tu t'engages ?
Cette mer où tu cours est célèbre en naufrages.

Ce n'est pas qu'aisément, comme un autre, à ton char

---

[1] Né en 1636, mort en 1711. Dans l'édition *in-octavo* cette seconde partie,
qui est beaucoup plus considérable, est intitulée : *Épîtres, Discours et Méditations.*

[2]   Quum canerem reges et prælia, Cynthius aurem
         Vellit et admonuit.
                         (Virgile, *Egl.* VI, v. 3 et 4.)

Je ne pusse attacher Alexandre et César [1] ;
Qu'aisément je ne pusse, en quelque ode insipide,
T'exalter aux dépens et de Mars et d'Alcide,
Te livrer le Bosphore, et, d'un vers incivil,
Proposer au sultan de te céder le Nil.
Mais pour te bien louer une raison sévère
Me dit qu'il faut sortir de la route vulgaire;
Qu'après avoir joué tant d'auteurs différents
Phébus même aurait peur s'il entrait sur les rangs;
Que par des vers tout neufs, avoués du Parnasse,
Il faut de mes dégoûts justifier l'audace;
Et, si ma muse enfin n'est égale à mon roi,
Que je prête aux Cotins [2] des armes contre moi.
Est-ce là cet auteur, l'effroi de la pucelle [3],
Qui devait des bons vers nous tracer le modèle,
Ce censeur, diront-ils, qui nous réformait tous ?
Quoi! ce critique affreux n'en sait pas plus que nous?
N'avons-nous pas cent fois, en faveur de la France,
Comme lui, dans nos vers, pris Memphis et Byzance,
Sur les bords de l'Euphrate abattu le turban
Et coupé, pour rimer, les cèdres du Liban [4]?
De quel front aujourd'hui vient-il sur nos brisées
Se revêtir encor de nos phrases usées ?

Que répondrais-je alors? Honteux et rebuté,
J'aurais beau me complaire en ma propre beauté
Et, de mes tristes vers admirateur unique,
Plaindre en les relisant l'ignorance publique :

[1] Allusion à deux vers de Corneille, qui, dans le prologue d'*Andromède,*
avait fait dire à Melpomène en parlant de Louis XIV, alors enfant :

> Je lui montre Pompée, Alexandre et César,
> Mais comme des héros attachés à son char.

[2] Nom d'un prédicateur fort maltraité dans les satires de Boileau. — [3] De
la Pucelle d'Orléans, poëme épique de Chapelain. — [4] Malherbe, dit Ménage,
affectait les rimes neuves, c'est-à-dire les rimes de mots extraordinaires,

Quelque orgueil en secret dont s'aveugle un auteur,
Il est fâcheux, grand roi, de se voir sans lecteur
Et d'aller du récit de ta gloire immortelle
Habiller chez Francœur [1] le sucre et la cannelle.
Ainsi, craignant toujours un funeste accident,
J'imite de Conrart [2] le silence prudent :
Je laisse aux plus hardis l'honneur de la carrière
Et regarde le champ, assis sur la barrière.
Malgré moi toutefois un mouvement secret
Vient flatter mon esprit, qui se tait à regret.
Quoi, dis-je tout chagrin, dans ma verve infertile,
Des vertus de mon roi spectateur inutile,
Faudra-t-il sur sa gloire attendre à m'exercer
Que ma tremblante voix commence à se glacer?
Dans un si beau projet, si ma muse rébelle
N'ose le suivre aux champs de Lille et de Bruxelle,

comme *turban*, *Liban*, *Memphis*, *Escurial* et autres semblables. Ce poëte avait dit, par exemple, dans son ode à Marie de Médicis, femme de Henri IV, en lui prophétisant un fils qui serait conquérant du monde :

Oh ! combien lors aura de veuves
La gent qui porte le turban !
Que de sang rougira les fleuves
Qui lavent les pieds du Liban !
Que le Bosphore en ses deux rives
Aura de sultanes captives !
Et que de mères à Memphis,
En pleurant, diront la vaillance
De son courage et de sa lance
Aux funérailles de leurs fils.

Un essaim de versificateurs s'abattirent sur ces rimes, qui les avaient charmés par leur nouveauté, et s'évertuèrent à en enrichir leurs pages : c'est de ces plats imitateurs de Malherbe que Boileau se moque ici. Déjà le poëte Théophile avait dit d'eux :

Ils travaillent un mois à chercher comme à *fils*
Pourra s'apparier la rime de *Memphis*.

[1] Célèbre épicier d'alors. — [2] Fameux académicien, qui n'a jamais rien écrit. Ce fut dans sa maison que se forma l'Académie française, dont il fut le premier secrétaire. Il ne savait, dit-on, ni latin ni grec ; mais son goût littéraire était exquis, et les gens de lettres le consultaient fréquemment.

Sans le chercher aux bords de l'Escaut et du Rhin,
La paix l'offre à mes yeux plus calme et plus serein.
Oui, grand roi, laissons là les siéges, les batailles;
Qu'un autre aille en rimant renverser des murailles,
Et, souvent sur tes pas marchant sans ton aveu,
S'aille couvrir de sang, de poussière et de feu.
A quoi bon, d'une muse au carnage animée,
Échauffer ta valeur déjà trop allumée?
Jouissons à loisir du fruit de tes bienfaits,
Et ne nous lassons point des douceurs de la paix.

Pourquoi ces éléphants, ces armes, ce bagage
Et ces vaisseaux tout prêts à quitter le rivage?
Disait au roi Pyrrhus [1] un sage confident,
Conseiller très-sensé d'un roi très-imprudent.
Je vais, lui dit ce prince, à Rome, où l'on m'appelle.
— Quoi faire? — L'assiéger. — L'entreprise est fort belle
Et digne seulement d'Alexandre ou de vous;
Mais, Rome prise enfin, seigneur, où courons-nous?
— Du reste des Latins la conquête est facile.
— Sans doute on les peut vaincre : est-ce tout? — La Sicile
De là nous tend les bras, et bientôt sans effort
Syracuse reçoit nos vaisseaux dans son port.
— Bornez-vous là vos pas? — Dès que nous l'aurons prise,
Il ne faut qu'un bon vent, et Carthage est conquise.
Les chemins sont ouverts; qui peut nous arrêter?
— Je vous entends, seigneur, nous allons tout dompter;
Nous allons traverser les sables de Libye,
Asservir en passant l'Égypte, l'Arabie,
Courir delà le Gange en de nouveaux pays,
Faire trembler le Scythe aux bords du Tanaïs
Et ranger sous nos lois tout ce vaste hémisphère.
Mais, de retour enfin, que prétendez-vous faire?

[1] Roi d'Épire.

— Alors, cher Cinéas, victorieux, contents,
Nous pourrons rire à l'aise et prendre du bon temps.
— Hé! seigneur, dès ce jour, sans sortir de l'Épire,
Du matin jusqu'au soir qui vous défend de rire?

Le conseil était sage et facile à goûter :
Pyrrhus vivait heureux s'il eût pu l'écouter;
Mais à l'ambition d'opposer la prudence,
C'est aux prélats de cour prêcher la résidence.

Ce n'est pas que mon cœur, du travail ennemi,
Approuve un fainéant sur le trône endormi.
Mais, quelques vains lauriers que promette la guerre,
On peut être héros sans ravager la terre :
Il est plus d'une gloire. En vain aux conquérants
L'erreur, parmi les rois, donne les premiers rangs;
Entre les grands héros ce sont les plus vulgaires.
Chaque siècle est fécond en heureux téméraires;
Chaque climat produit des favoris de Mars :
La Seine a des Bourbons, le Tibre a des Césars;
On a vu mille fois des fanges méotides
Sortir des conquérants, goths, vandales, gépides [1].
Mais un roi vraiment roi, qui, sage en ses projets,
Sache en un calme heureux maintenir ses sujets,
Qui du bonheur public ait cimenté sa gloire,
Il faut pour le trouver courir toute l'histoire.
La terre compte peu de ces rois bienfaisants :
Le Ciel à les former se prépare longtemps.
Tel fut cet empereur [2] sous qui Rome adorée

[1] Les Goths et les Gépides étaient sortis, en effet, des *palus* ou marais *méotides*, qu'on nomme actuellement la mer d'Azof. Mais les Vandales étaient venus du côté de la mer Baltique, vers l'embouchure de l'Oder. — [2] Titus, surnommé l'amour et les délices du genre humain. Songeant un soir qu'il avait passé sa journée sans faire de bien à personne, il dit à ceux qui l'entouraient : *Amici, diem perdidi.* Louis XIV fut si charmé de ces six vers qu'il se les fit relire jusqu'à trois fois.

Vit renaître les jours de Saturne et de Rhée;
Qui rendit de son joug l'univers amoureux;
Qu'on n'alla jamais voir sans revenir heureux;
Qui soupirait le soir si sa main fortunée
N'avait par ses bienfaits signalé la journée.
Le cours ne fut pas long d'un empire si doux [1].

Mais où cherché-je ailleurs ce qu'on trouve chez nous?
Grand roi, sans recourir aux histoires antiques,
Ne t'avons-nous pas vu dans les plaines belgiques,
Quand l'ennemi vaincu, désertant ses remparts,
Au-devant de ton joug courait de toutes parts,
Toi-même te borner au fort de ta victoire
Et chercher dans la paix [2] une plus juste gloire?
Ce sont là les exploits que tu dois avouer,
Et c'est par là, grand roi, que je te veux louer.
Assez d'autres sans moi, d'un style moins timide,
Suivront aux champs de Mars ton courage rapide,
Iront de ta valeur effrayer l'univers
Et camper devant Dôle au milieu des hivers [3].
Pour moi, loin des combats, sur un ton moins terrible
Je dirai les exploits de ton règne paisible;
Je peindrai les plaisirs en foule renaissants [4],
Les oppresseurs du peuple à leur tour gémissants [5].
On verra par quels soins ta sage prévoyance
Au fort de la famine entretint l'abondance [6];

[1] Le règne de Titus ne dura que deux ans deux mois et vingt jours. — [2] La paix conclue en 1668, à Aix-la-Chapelle, après la campagne de Flandre. — [3] En 1668. Le roi partit de Saint-Germain-en-Laye le 2 février, et revint le 28 après avoir soumis toute la Franche-Comté. — [4] Allusion aux fêtes données à Versailles, en 1664, sous le nom de *plaisirs de l'île enchantée*. — [5] Une chambre de justice avait été établie, en 1661, pour reconnaître et punir les malversations des traitants dans le recouvrement des deniers publics. — [6] En 1662, le royaume et Paris surtout étant menacés de la famine, Louis XIV fit venir de Prusse et de Pologne une grande quantité de blé, fit construire des fours au Louvre, et le pain fut vendu au peuple à prix modique.

On verra les abus par ta main réformés,
La licence et l'orgueil en tous lieux réprimés [1],
Du débris des traitants ton épargne grossie [2],
Des subsides affreux la rigueur adoucie [3],
Le soldat dans la paix sage et laborieux [4],
Nos artisans grossiers rendus industrieux
Et nos voisins frustrés de ces tributs serviles
Que payait à leur art le luxe de nos villes [5].
Tantôt je tracerai tes pompeux bâtiments,
Du loisir d'un héros nobles amusements.
J'entends déjà frémir les deux mers étonnées
De voir leurs flots unis au pied des Pyrénées [6].
Déjà de tous côtés la chicane aux abois
S'enfuit au seul aspect de tes nouvelles lois [7].
Oh! que ta main par là va sauver de pupilles !
Que de savants plaideurs désormais inutiles!
Qui ne sent point l'effet de tes soins généreux ?
L'univers sous ton règne a-t-il des malheureux ?
Est-il quelque vertu dans les glaces de l'Ourse
Ni dans ces lieux brûlés où le jour prend sa source
Dont la triste indigence ose encore approcher
Et qu'en foule tes dons d'abord n'aillent chercher [8] ?
C'est par toi qu'on va voir les muses enrichies,
De leur longue disette à jamais affranchies.
Grand roi, poursuis toujours, assure leur repos.
Sans elles un héros n'est pas longtemps héros :
Bientôt, quoi qu'il ait fait, la mort d'une ombre noire
Enveloppe avec lui son nom et son histoire.

[1] Par plusieurs édits contre le luxe et les duels. — [2] La chambre de justice, chargée de surveiller l'administration des traitants, les obligea à faire des restitutions au trésor public. — [3] Les tailles furent diminuées de quatre millions. — [4] Les soldats furent employés aux travaux publics. — [5] Allusion à l'établissement de plusieurs manufactures et particulièrement de celle des Gobelins. — [6] Par le canal du Languedoc. — [7] Des ordonnances de 1667 pour réformer la justice et abréger les procédures. — [8] En 1663 Louis XIV donna des pensions aux gens de lettres dans toute l'Europe.

En vain, pour s'exempter de l'oubli du cercueil,
Achille mit vingt fois tout Ilion en deuil;
En vain, malgré les vents, aux bords de l'Hespérie
Énée enfin porta ses dieux et sa patrie :
Sans le secours des vers leurs noms tant publiés
Seraient depuis mille ans avec eux oubliés.
Non, à quelques hauts faits que ton destin t'appelle,
Sans le secours soigneux d'une muse fidèle,
Pour t'immortaliser tu fais de vains efforts.
Apollon te la doit : ouvre-lui tes trésors.
En poëtes fameux rends nos climats fertiles.
Un Auguste aisément peut faire des Virgiles [1].
Que d'illustres témoins de ta vaste bonté
Vont pour toi déposer à la postérité !

Pour moi qui, sur ton nom déjà brûlant d'écrire,
Sens au bout de ma plume expirer la satire,
Je n'ose de mes vers vanter ici le prix.
Toutefois, si quelqu'un de mes faibles écrits
Des ans injurieux peut éviter l'outrage,
Peut-être pour ta gloire aura-t-il son usage.
Et comme tes exploits, étonnant les lecteurs,
Seront à peine crus sur la foi des auteurs,
Si quelque esprit malin les veut traiter de fables,
On dira quelque jour pour les rendre croyables :
Boileau, qui, dans ses vers plein de sincérité,
Jadis à tout son siècle a dit la vérité,
Qui mit à tout blâmer son étude et sa gloire,
A pourtant de ce roi parlé comme l'histoire.

Cette épître était terminée d'une façon moins heureuse dans une
première rédaction présentée à Louis XIV en 1669. Après ce vers :

Que de savants plaideurs devenus inutiles!

[1] Sint Mœcenates; non deerunt, Flacce, Marones.
(Martial, *Epigr.* VIII, 56.)

le poëte, interrompant tout à-coup l'éloge du monarque et changeant
de ton, s'écriait :

> Muse, abaisse ta voix : je veux les consoler ;
> Et d'un conte, en passant, il faut les régaler.
> Un jour, dit un auteur, n'importe en quel chapitre,
> Deux voyageurs à jeun rencontrèrent une huître.

La fable de l'huître et des plaideurs, que nous allons retrouver dans
l'épître suivante, était donc racontée dans celle-ci ; et l'auteur, sa pa-
renthèse achevée, revenait ainsi à l'éloge du roi :

> Mais quoi ! j'entends déjà quelque austère critique
> Qui trouve en cet endroit la fable un peu comique.
> Que veut-il ? C'est ainsi qu'Horace dans ses vers
> Souvent délasse Auguste en cent styles divers,
> Et, selon qu'au hasard son caprice l'entraîne,
> Tantôt perce les cieux, tantôt rase la plaine.
> Revenons toutefois ; mais par où revenir ?
> Grand roi, je m'aperçois qu'il est temps de finir.
> C'est assez ; il suffit que ma plume fidèle
> T'ait fait voir en ces vers quelque essai de mon zèle.
> En vain je prétendrais contenter un lecteur
> Qui redoute surtout le nom d'admirateur
> Et souvent, pour raison, oppose à la science
> L'invincible dégoût d'une injuste ignorance ;
> Prêt à juger de tout comme un jeune marquis
> Qui, plein d'un grand savoir chez les dames acquis,
> Dédaignant le public, que lui seul il attaque,
> Va pleurer au Tartufe et rire à l'Andromaque.

Plusieurs critiques blâmèrent cette conclusion. Le poëte se remit
donc à l'ouvrage et fit les quarante vers qui terminent aujourd'hui son
épître. (Voyez l'édition *in-octavo*, p. 188.)

ÉPITRE II.

A M. L'ABBÉ DES ROCHES.

Sur les plaideurs. — 1669 et 1673.

Boileau ne voulut pas perdre sa fable de l'huître et des plaideurs,
qu'il avait retranchée de l'épître précédente, ainsi que nous venon
de le voir ; et ce fut pour la conserver qu'il composa cette nouvell

épître, où il décrit en quelques vers la sottise des gens qui ont la ruineuse manie des procès.

A quoi bon réveiller mes muses endormies
Pour tracer aux auteurs des règles ennemies?
Penses-tu qu'aucun d'eux veuille subir mes lois
Ni suivre une raison qui parle par ma voix?
O le plaisant docteur qui, sur les pas d'Horace,
Vient-prêcher, diront-ils, la réforme au Parnasse [1]
Nos écrits sont mauvais; les siens valent-ils mieux
J'entends déjà d'ici Linière furieux
Qui m'appelle au combat sans prendre un plus long terme.
De l'encre, du papier! dit-il; qu'on nous enferme!
Voyons qui de nous deux, plus aisé dans ses vers,
Aura plus tôt rempli la page et le revers [2].
Moi donc qui suis peu fait à ce genre d'escrime,
Je le laisse tout seul verser rime sur rime,
Et, souvent de dépit contre moi s'exerçant,
Punir de mes défauts le papier innocent.
Mais toi qui ne crains point qu'un rimeur te noircisse,
Que fais-tu cependant seul en ton bénéfice?
Attends-tu qu'un fermier, payant quoiqu'un peu tard,
De ton bien pour le moins daigne te faire part?
Vas-tu, grand défenseur des droits de ton église,
De tes moines mutins réprimer l'entreprise?
Crois-moi, dût Auzanet [3] t'assurer du succès,
Abbé, n'entreprends point même un juste procès.
N'imite point ces fous dont la sotte avarice
Va de ses revenus engraisser la justice;

---

[1] Ces six premiers vers font voir que l'auteur travaillait alors à son *Art poétique.* — [2] Imitation d'Horace :

> Crispinus minimo me provocat : Accipe, si vis,
> Accipe jam tabulas; detur nobis locus, hora,
> Custodes; videamus uter plus scribere possit.
>
> (*Sat.*, l. I, sat. IV, v. 14).

[3] Célèbre avocat.

Qui, toujours assignant et toujours assignés,
Souvent demeurent gueux de vingt procès gagnés.
Soutenons bien nos droits; sot est celui qui donne.
C'est ainsi devers Caen que tout Normand raisonne.
Ce sont là les leçons dont un père manceau
Instruit son fils novice au sortir du berceau.
Mais pour toi qui, nourri bien en deçà de l'Oise,
As sucé la vertu picarde et champenoise,
Non, non, tu n'iras point, ardent bénéficier,
Faire enrouer pour toi Corbin ni Le Mazier[1].
Toutefois, si jamais quelque ardeur bilieuse
Allumait dans ton cœur l'humeur litigieuse,
Consulte-moi d'abord; et, pour la réprimer,
Retiens bien la leçon que je te vais rimer.

Un jour, dit un auteur, n'importe en quel chapitre,
Deux voyageurs à jeun rencontrèrent une huître.
Tous deux la contestaient, lorsque dans leur chemin
La Justice passa, la balance à la main.
Devant elle à grand bruit ils expliquent la chose.
Tous deux avec dépens veulent gagner leur cause.
La Justice, pesant ce droit litigieux,
Demande l'huître, l'ouvre et l'avale à leurs yeux,
Et par ce bel arrêt terminant la bataille,
Tenez, voilà, dit-elle, à chacun une écaille.
Des sottises d'autrui nous vivons au palais.
Messieurs, l'huître était bonne. Adieu. Vivez en paix.

On peut comparer cette fable avec celle de La Fontaine, qui l'emporte par sa mise en scène et la vivacité de sa peinture[2]. Despréaux prétendait que son rival avait manqué de justesse en mettant *Perrin Dandin* à la place de la *Justice*, parce que, disait-il, ce ne sont pas les juges seuls, mais tous les officiers de justice qui ruinent les plaideurs. Cette critique n'était-elle pas une chicane?

---

[1] Deux autres avocats, dont le second était renommé par son bruyant bavardage et par sa facilité à soutenir également le juste et l'injuste. — [2] *Second recueil*, p. 61.

ÉPITRE III.

A M. ARNAULD, DOCTEUR EN SORBONNE.

Sur la mauvaise honte. — 1673.

Le docteur dont le nom figure en tête de cette épître est cet Antoine Arnauld, sectaire ardent, écrivain habile et fécond, que les jansénistes, pour lesquels il se battit pendant près de soixante ans, n'appelaient que le grand Arnauld. Boileau, qui, comme on le sait, s'était laissé prendre aux piéges tendus par les théologiens de Port-Royal, admirait assez leur chef pour lui dédier publiquement un de ses poëmes. Cependant il faut dire à la décharge de ce poëte qu'à l'époque où il lui adressa ces vers Arnauld, réconcilié pour un moment avec l'Église, avait tourné ses armes contre les calvinistes et pressait par ses arguments le ministre de Charenton Jean Claude, que Bossuet aussi avait vainement essayé de ramener à la foi catholique.

> Oui, sans peine au travers des sophismes de Claude,
> Arnauld, des novateurs tu découvres la fraude,
> Et romps de leurs erreurs les filets captieux.
> Mais que sert que ta main leur dessille les yeux
> Si toujours dans leur âme une pudeur rebelle,
> Près d'embrasser l'Église, au prêche les rappelle?

Ce que Boileau disait de la fausse honte qui retenait les calvinistes convaincus par les arguments d'Arnauld et de Bossuet aurait pu s'appliquer au respect humain qui enchaîna les jansénistes eux-mêmes. Cette secte était à la mode, et il eût été de mauvais ton de ne pas figurer dans ses rangs. La plupart des beaux esprits d'alors lui payèrent quelque tribut.

> Des superbes mortels le plus affreux lien,
> N'en doutons point, Arnauld, c'est la honte du bien...
> Par elle la vertu devient lâche et timide.
> Vois-tu ce libertin en public intrépide,
> Qui prêche contre un Dieu que dans son âme il croit?
> Il irait embrasser la vérité qu'il voit;
> Mais de ses faux amis il craint la raillerie
> Et ne brave ainsi Dieu que par poltronnerie.

> C'est là de tous nos maux le fatal fondement.

Des jugements d'autrui nous tremblons follement ;
Et, chacun l'un de l'autre adorant les caprices,
Nous cherchons hors de nous nos vertus et nos vices.
Misérables jouets de notre vanité,
Faisons au moins l'aveu de notre infirmité.
A quoi bon, quand la fièvre en nos artères brûle,
Faire de notre mal un secret ridicule ?
Le feu sort de vos yeux pétillants et troublés ;
Votre pouls inégal marche à pas redoublés ;
Quelle fausse pudeur à feindre vous oblige ?
Qu'avez-vous ?—Je n'ai rien.—Mais...—Je n'ai rien, vous dis-je,
Répondra ce malade à se taire obstiné.
Mais cependant voilà tout son corps gangrené
Et la fièvre, demain se rendant la plus forte,
Un bénitier aux pieds va l'étendre à la porte...
Hâtons-nous ; le temps fuit et nous traîne avec soi :
Le moment où je parle est déjà loin de moi.

Le reste de cette épître, qui est composée de quatre-vingt-dix-huit
vers, n'est guère qu'un lieu commun sur l'âge d'or et sur les maux
qui ont inondé la terre à la suite du péché d'Adam, coupable par respect humain.

> Mais aucun de ces maux n'égala les rigueurs
> Que la mauvaise honte exerça dans les cœurs...
> Triste et funeste effet du premier de nos crimes !
> Moi-même, Arnauld, ici, qui te prêche en ces rimes,
> Plus qu'aucun des mortels par la honte abattu,
> En vain j'arme contre elle une faible vertu.
> Ainsi toujours douteux, chancelant et volage,
> A peine du limon où le vice m'engage
> J'arrache un pied timide et sors en m'agitant
> Que l'autre m'y reporte et s'embourbe à l'instant.
> Car si, comme aujourd'hui, quelque rayon de zèle
> Allume dans mon cœur une clarté nouvelle,
> Soudain, aux yeux d'autrui s'il faut la confirmer,
> D'un geste, d'un regard je me sens alarmer ;
> Et même sur ces vers que je te viens d'écrire
> Je tremble en ce moment de ce que l'on va dire.

Ce dernier trait ne manque ni d'esprit ni de gaieté ; mais la moitié de
cette épître est terne et languissante : nous l'avons abrégée sans regrets.

ÉPITRE IV.

AU ROI.

Sur le passage du Rhin. — 1672.

Louis XIV, ayant déclaré la guerre à la Hollande le 7 avril 1672, passa la Meuse dès le mois de mai à la tête de trois corps d'armée que le grand Condé, Turenne et Luxembourg commandaient sous ses ordres. Le Rhin, découvert par la prise d'Orsoy, de Wesel, de Rheinberg et de trois autres places conquises en six jours, fut intrépidement traversé à la nage, en face de l'ennemi, le 12 juin ; et plus de quarante villes furent obligées de se rendre. Amsterdam, où les États s'étaient réfugiés avec leurs trésors et leurs archives, allait tomber sous les coups du vainqueur, quand les Hollandais, ne voyant plus d'autre moyen de sauver ce dernier rempart de leur indépendance, percèrent les digues qui retenaient les eaux de la mer, et il fallut renoncer à la conquête d'une place devenue inabordable et d'un pays inondé. De tous les exploits de cette rapide et glorieuse campagne, le passage du Rhin était le plus susceptible des ornements de la poésie ; et c'est celui que Boileau a choisi pour le sujet de cette pièce à la fois héroïque et plaisante. Elle fut composée pendant le mois de juillet, six semaines seulement après le fait d'armes qu'elle célèbre, et imprimée dès le mois d'août suivant. Elle est, par sa date, la seconde des douze épîtres de Boileau et la quatrième selon l'ordre adopté dans les éditions que le poëte a données lui-même de ses œuvres ; nous avons cru devoir respecter cet arrangement malgré la légère perturbation qu'il apporte dans la succession chronologique des poésies de nos recueils.

En vain pour te louer ma muse toujours prête
Vingt fois de la Hollande a tenté la conquête :
Ce pays, où cent murs n'ont pu te résister,
Grand roi, n'est pas en vers si facile à dompter.
Des villes que tu prends les noms durs et barbares
N'offrent de toutes parts que syllabes bizarres ;
Et, l'oreille effrayée, il faut depuis l'Yssel [1]
Pour trouver un beau mot courir jusqu'au Tessel ! [2]

[1] Rivière de Hollande, qui se jette dans le Zuyderzée, golfe de la mer du Nord. — [2] Aujourd'hui Texel, île de la Hollande, dans l'océan germanique.

Oui, partout de son nom chaque place munie
Tient bon contre le vers, en détruit l'harmonie.
Et qui peut sans frémir aborder Woërden [1] ?
Quel vers ne tomberait au seul nom de Heusden [2] ?
Quelle muse à rimer en tous lieux disposée
Oserait approcher des bords du Zuyderzée?
Comment en vers heureux assiéger Doësbourg,
Zutphen, Wageninghen, Harderwic, Knotzembourg [3] ?
Il n'est fort, entre ceux que tu prends par centaines,
Qui ne puisse arrêter un rimeur six semaines :
Et partout, sur le Whal ainsi que sur le Leck [4],
Le vers est en déroute et le poëte à sec.

Encor si tes exploits, moins grands et moins rapides,
Laissaient prendre courage à nos muses timides,
Peut-être avec le temps, à force d'y rêver,
Par quelque coup de l'art nous pourrions nous sauver.
Mais dès qu'on veut tenter cette vaste carrière,
Pégase s'effarouche et recule en arrière;
Mon Apollon s'étonne; et Nimègue est à toi [5]
Que ma muse est encore au camp devant Orsoi [6].

Aujourd'hui toutefois mon zèle m'encourage :
Il faut au moins du Rhin tenter l'heureux passage.
Un trop juste devoir veut que nous l'essayions.
Muses, pour le tracer, cherchez tous vos crayons;
Car, puisqu'en cet exploit tout paraît incroyable,
Que la vérité pure y ressemble à la fable,

---

[1] Ville forte de Hollande, sur le Rhin, qui la traverse. — [2] Autre ville forte près de la Meuse. — [3] Autres villes des Pays-Bas, prises par Louis XIV et ses généraux. — [4] Deux branches du Rhin qui se mêlent avec la Meuse. — [5] Ville capitale du duché de Gueldre, prise par Turenne le 9 juillet 1672, après six jours de siége. — [6] Place forte dans le duché de Clèves, qui avait été assiégée dès le 1er juin et prise en deux jours. Le roi tint longtemps son camp devant cette ville après qu'il s'en fut rendu maître; les gazettes et les lettres particulières dataient toujours *du camp devant Orsoy.* Boileau fait allusion à ce campement prolongé.

De tous vos ornements vous pouvez l'égayer.
Venez donc, et surtout gardez bien d'ennuyer :
Vous savez des grands vers les disgrâces tragiques ;
Et souvent on ennuie en termes magnifiques.

Au pied du mont Adule [1], entre mille roseaux,
Le Rhin, tranquille et fier du progrès de ses eaux,
Appuyé d'une main sur son urne penchante,
Dormait au bruit flatteur de son onde naissante,
Lorsqu'un cri, tout à coup suivi de mille cris,
Vient d'un calme si doux retirer ses esprits.
Il se trouble, il regarde, et partout sur ses rives
Il voit fuir à grands pas ses naïades craintives,
Qui, toutes accourant vers leur humide roi,
Par un récit affreux redoublent son effroi.
Il apprend qu'un héros, conduit par la victoire,
A de ses bords fameux flétri l'antique gloire [2] ;
Que Rheinberg et Wesel, terrassés en deux jours [3],
D'un joug déjà prochain menacent tout son cours.
Nous l'avons vu, dit l'une, affronter la tempête
De cent foudres d'airain tournés contre sa tête.
Il marche vers Tholus [4], et tes flots en courroux
Au prix de sa fureur sont tranquilles et doux.
Il a de Jupiter la taille et le visage ;

[1] Le mont Saint-Gothard, où le Rhin prend sa source ; les anciens géographes l'appelaient *Adula*. — [2] Molière blâma ce vers parce qu'il semblait dire que la présence de Louis XIV avait déshonoré les rives du Rhin. Boileau lui représenta que les naïades devaient parler ainsi d'un héros qui venait soumettre leur empire à son joug. Molière persista dans son avis. — [3] La première de ces villes fut prise le 4 juin 1672, la seconde le 6 du même mois. — [4] Qu'est-ce que ce *Tholus* ? Est-ce une montagne, une place forte, une province ? « *Tolhuis* en hollandais, comme *zollhaus* en allemand, signifie un bureau de péage, une espèce de douane. La première fois que nos soldats rencontrèrent ce mot, ils le prirent pour le nom du pays. » *Études classiques dans la société chrétienne*, par le R. P. Ch. Daniel, p. 315, *note* (Paris, Lanier, 1853). Voyez dans le même ouvrage et dans le même chapitre une critique de ce *passage du Rhin*, dont le merveilleux mythologique est d'un assez pauvre effet.

Et, depuis ce Romain [1] dont l'insolent passage
Sur un pont en deux jours trompa tous tes efforts,
Jamais rien de si grand n'a paru sur tes bords.

Le Rhin tremble et frémit à ces tristes nouvelles;
Le feu sort à travers ses humides prunelles.
C'est donc trop peu, dit-il, que l'Escaut en deux mois [2]
Ait appris à couler sous de nouvelles lois;
Et de mille remparts mon onde environnée
De ces fleuves sans nom suivra la destinée !
Ah ! périssent mes eaux ! ou par d'illustres coups
Montrons qui doit céder des mortels ou de nous.
A ces mots, essuyant sa barbe limoneuse,
Il prend d'un vieux guerrier la figure poudreuse.
Son front cicatrisé rend son air furieux,
Et l'ardeur du combat étincelle en ses yeux.
En ce moment il part, et, couvert d'une nue,
Du fameux fort de Skink prend la route connue.
Là, contemplant son cours, il voit de toutes parts
Ses pâles défenseurs par la frayeur épars;
Il voit cent bataillons qui, loin de se défendre,
Attendent sur des murs l'ennemi pour se rendre.
Confus, il les aborde; et renforçant sa voix :
Grands arbitres, dit-il, des querelles des rois [3],
Est-ce ainsi que votre âme, aux périls aguerrie,
Soutient sur ces remparts l'honneur et la patrie [4]?
Votre ennemi superbe, en cet instant fameux,
Du Rhin, près de Tholus, fend les flots écumeux :
Du moins, en vous montrant sur la rive opposée,
N'oseriez-vous saisir une victoire aisée ?
Allez, vils combattants, inutiles soldats;

---

[1] Jules-César. — [2] En 1667 Louis XIV avait conquis la Flandre espagnole.
— [3] En 1668 les Hollandais avaient fait frapper une médaille sur laquelle ils
prenaient en latin les titres d'*arbitres des rois, de réformateurs de la religion,
de protecteurs des lois*, etc. — [4] On lisait sur les drapeaux hollandais : *Pro ho-
nore et patria.*

Laissez là ces mousquets, trop pesants pour vos bras ;
Et, la faux à la main, parmi vos marécages,
Allez couper vos joncs et presser vos laitages [1] ;
Ou, gardant les seuls bords qui vous peuvent couvrir,
Avec moi, de ce pas, venez vaincre ou mourir.

Ce discours d'un guerrier que la colère enflamme
Ressuscite l'honneur déjà mort en leur âme ;
Et, leurs cœurs s'allumant d'un reste de chaleur,
La honte fait en eux l'effet de la valeur.
Ils marchent droit au fleuve, où Louis en personne,
Déjà prêt à passer, instruit, dispose, ordonne.
Par son ordre Grammont le premier dans les flots
S'avance soutenu des regards du héros [2] :
Son coursier, écumant sous son maître intrépide,
Nage tout orgueilleux de la main qui le guide.
Revel le suit de près [3] : sous ce chef redouté
Marche des cuirassiers l'escadron indompté.
Mais déjà devant eux une chaleur guerrière
Emporte loin du bord le bouillant Lesdiguière [4],
Vivonne, Nantouillet et Coislin et Salart :
Chacun d'eux au péril veut la première part.
Vendôme [5], que soutient l'orgueil de sa naissance,

---

[1] Cette phrase, si poétique d'ailleurs, n'est pas tout à fait régulière ; car *la faux à la main* sert à couper des joncs, mais non pas à *presser des laitages*. Boileau avait trop de logique et savait trop bien sa langue pour ne point y prendre garde ; et il chercha, en effet, longtemps le moyen de remédier à ce défaut ; mais ce fut en vain. Il disait, en parlant de ces deux vers : Non-seulement je n'ai pu venir à bout de le dire mieux, mais je n'ai pu le dire autrement. — [2] Le comte de Guiche, fils aîné du maréchal de Grammont, fut le premier qui tenta le passage. Louis XIV lui avait commandé de chercher un gué pour aller aux ennemis qui paraissaient de l'autre côté du fleuve. Il vint rapporter au roi qu'il en avait découvert un en face de *Tolhuis*, c'est-à-dire d'un bureau de péage. Il s'était trompé ; et l'armée fut obligée de traverser une partie du Rhin à la nage. — [3] Le comte de Revel, colonel des cuirassiers, reçut trois coups d'épée, au sortir de l'eau, en chargeant l'ennemi. — [4] Le duc de Lesdiguières, comte de Saux, quoique blessé en traversant le fleuve, en sortit le premier et porta les premiers coups à l'ennemi ; il montait un cheval blanc, qui fut tué sous lui. — [5] Le chevalier de Vendôme n avait alors

Au même instant dans l'onde impatient s'élance ;
La Salle [1], Béringhen [2], Nogent, d'Ambre, Cavois
Fendent les flots tremblants sous un si noble poids.
Louis, les animant du feu de son courage,
Se plaint de sa grandeur, qui l'attache au rivage.
Par ses soins cependant trente légers vaisseaux
D'un tranchant aviron déjà coupent les eaux [3] :
Cent guerriers s'y jetant signalent leur audace.
Le Rhin les voit d'un œil qui porte la menace ;
Il s'avance en courroux. Le plomb vole à l'instant
Et pleut de toutes parts sur l'escadron flottant.
Du salpêtre en fureur l'air s'échauffe et s'allume,
Et des coups redoublés tout le rivage fume [4].
Déjà du plomb mortel plus d'un brave est atteint.
Sous les fougueux coursiers l'onde écume et se plaint.
De tant de coups affreux la tempête orageuse [5]
Tient un temps sur les eaux la fortune douteuse ;
Mais Louis d'un regard sait bientôt la fixer :
Le destin à ses yeux n'oserait balancer.
Bientôt avec Grammont courent Mars et Bellone ;
Le Rhin à leur aspect d'épouvante frissonne,
Quand, pour nouvelle alarme à ses esprits glacés,
Un bruit s'épand qu'Enghien et Condé sont passés [6] ;
Condé, dont le seul nom fait tomber les murailles,
Force les escadrons et gagne les batailles ;

que dix-sept ans : il prit aux Hollandais un drapeau et un étendard, qu'il présenta au roi.

[1] Le marquis de La Salle fut blessé en cinq endroits, sur le fleuve même, par les cuirassiers français, qui, dans la chaleur du passage, le prirent pour un Hollandais, bien qu'il fût habillé à la française et qu'il eût l'écharpe blanche. — [2] Le marquis de Béringhen, premier écuyer du roi, ne pouvant faire avancer son cheval, effrayé par l'eau, se jeta dans le bateau qui portait le prince de Condé. — [3] Ces bateaux étaient en cuivre. — [4] Boileau aimait à rappeler à ses amis qu'il avait été le premier non pas à parler en vers français de l'artillerie, puisque d'autres poëtes en avaient parlé avant lui, mais à décrire poétiquement ses effets. — [5] Redondance. — [6] Le vainqueur de Rocroi, ne pouvant passer la rivière à cheval à cause de la goutte qui le tourmentait, monta sur un bateau avec son fils, duc d'Enghien.

Enghien, de son hymen le seul et digne fruit,
Par lui dès son enfance à la victoire instruit,
L'ennemi renversé fuit et gagne la plaine ;
Le dieu lui-même cède au torrent qui l'entraîne,
Et, seul, désespéré, pleurant ses vains efforts,
Abandonne à Louis la victoire et ses bords.

Du fleuve ainsi dompté la déroute éclatante
A Wurts jusqu'en son camp va porter l'épouvante [1] ;
Wurts, l'espoir du pays et l'appui de ses murs ;
Wurts... Ah ! quel nom, grand roi, quel Hector que ce Wurts !
Sans ce terrible nom, mal né pour les oreilles,
Que j'allais à tes yeux étaler de merveilles !
Bientôt on eût vu Skink [2], dans mes vers emporté,
De ses fameux remparts démentir la fierté ;
Bientôt... Mais Wurts s'oppose à l'ardeur qui m'anime.
Finissons, il est temps : aussi bien, si la rime
Allait mal à propos m'engager dans Arnheim [3],
Je ne sais pour sortir de porte qu'Hildesheim [4].

Oh ! que le Ciel, soigneux de notre poésie,
Grand roi, ne nous fit-il plus voisins de l'Asie !
Bientôt victorieux de cent peuples altiers,
Tu nous aurais fourni des rimes à milliers.
Il n'est plaine en ces lieux si sèche et si stérile
Qui ne soit en beaux mots partout riche et fertile.
Là plus d'un bourg fameux par son antique nom
Vient offrir à l'oreille un agréable son.
Quel plaisir de te suivre aux rives du Scamandre ;
D'y trouver d'Ilion la poétique cendre ;
De juger si les Grecs, qui brisèrent ses tours,
Firent plus en dix ans que Louis en dix jours !

---

[1] Wurts, maréchal de camp hollandais, commandait l'armée destinée à s'opposer au passage du Rhin. — [2] Fort que les habitants du pays regardaient comme imprenable et qui, assiégé par nos troupes le 18 juin, fut pris le 21. — [3] Ville considérable du duché de Gueldre. — [4] Petite ville de l'électorat de Trèves.

Mais pourquoi sans raison désespérer ma veine?
Est-il dans l'univers de plage si lointaine
Où ta valeur, grand roi, ne te puisse porter
Et ne m'offre bientôt des exploits à chanter ?
Non, non, ne faisons plus de plaintes inutiles :
Puisqu'ainsi dans deux mois tu prends quarante villes,
Assuré des beaux vers dont ton bras me répond,
Je t'attends dans deux ans aux bords de l'Hellespont.

ÉPITRE V.

A M. DE GUILLERAGUES.

Le bonheur véritable est dans la connaissauce de nous-mêmes et dans la
modération de nos désirs. — 1674.

Perse avait dit, pour consoler le poëte de l'injustice du public qui
ne daigne pas le lire : Ne cherche pas ton mérite et ta consolation
dans les suffrages des autres, mais contente-toi de ta propre estime.
Ne te quæsiveris extra[1]. Boileau, inspiré sans doute par cette sentence
toute stoïcienne, mais la prenant dans un autre sens, dit à un courtisan qui peut tout espérer de la fortune : Ne cherchons la félicité ni
dans l'ambition des honneurs ni dans l'acquisition des richesses ; car
ce n'est pas dans les biens placés hors de nous, c'est en nous-mêmes
que nous pouvons la trouver. Apprenons donc à nous connaître et à
modérer nos désirs. C'est ce que j'ai fait, et je m'en trouve bien. Des-
tiné au greffe par mes parents, greffiers de père en fils, je me suis
senti fait pour la poésie ; j'ai suivi ma vocation, préférant mes goûts
à la fortune ; et la fortune, dont j'aurais pu me passer sans être malheureux, est venue me trouver grâce aux libéralités d'un roi protecteur des lettres. Cette épître est donc, comme on le voit, une thèse
philosophique et morale, terminée par un remerciment à l'adresse de
Louis XIV, que Boileau, plus que tout autre poëte, eut l'art de louer
noblement et à propos.

Cette thèse de Boileau est sans doute fort incomplète. Si ce poëte avait
voulu faire un traité en règle sur le repos du cœur et la satisfaction
de l'âme, il aurait dû parler de la paix d'une bonne conscience et des

----

[1] *Satire* I, v. 7.

jouissances de la vertu. Mais il s'est livré à un de ces caprices d'esprit qui, pour être poétiques, n'ont pas besoin de tout dire; il suffit que, procédant par jets et par boutades, leur verve fasse oublier l'ampleur qui manque à la pensée. Ne cherchons donc pas le mérite de cette épître dans la logique de son ensemble, mais dans la beauté de ses détails. Or elle a des tirades pleines de chaleur, de brillantes saillies, des images heureuses et des vers frappés à la façon des grands maîtres.

Le courtisan auquel cette épître fut adressée, après avoir été premier président de la cour des aides à Bordeaux, puis secrétaire des commandements du prince de Condé, alors gouverneur du Languedoc, était devenu secrétaire de la chambre et du cabinet du roi. Personne à la cour n'était plus poli, plus spirituel et plus agréable. Il était célèbre par l'à-propos et la vivacité de ses reparties. Nommé, en 1679, ambassadeur à Constantinople, il alla prendre congé du roi et lui demander ses dernières instructions. « Si vous voulez, lui dit Louis XIV, vous acquitter à mon gré de votre ambassade, faites tout le contraire de ce qu'a fait votre prédécesseur. » « Sire, lui répondit-il, je ferai en sorte que Votre Majesté ne donne pas les mêmes instructions à mon successeur. » C'est lui qui a dit de Pellisson qu'il abusait de la permission qu'ont les hommes d'être laids.

> Esprit né pour la cour et maître en l'art de plaire,
> Guilleragues, qui sais et parler et te taire [1],
> Apprends-moi si je dois ou me taire ou parler.
> Faut-il dans la satire encor me signaler,
> Et, dans ce champ fécond en plaisantes malices,
> Faire encore aux auteurs redouter mes caprices ?
> Jadis, non sans tumulte, on me vit éclater,
> Quand mon esprit, plus jeune et prompt à s'irriter,
> Aspirait moins au nom de discret et de sage,
> Que mes cheveux plus noirs ombrageaient mon visage.
> Maintenant que le temps a mûri mes désirs,
> Que mon âge, amoureux de plus sages plaisirs,
> Bientôt s'en va frapper à son neuvième lustre [2],

[1]   Dicenda tacendaque calles.
                     (Perse, *Sat.* IV, v. 5.)

[2] A la quarante et unième année. Boileau avait alors trente-huit ans. Le lustre est un espace de cinq ans.

J'aime mieux mon repos qu'un embarras illustre.
Que d'une égale ardeur mille auteurs animés
Aiguisent contre moi leurs traits envenimés;
Que tout, jusqu'à Pinchêne [1], et m'insulte et m'accable;
Aujourd'hui vieux lion je suis doux et traitable;
Je n'arme point contre eux mes ongles émoussés.
Ainsi que mes beaux jours mes chagrins sont passés :
Je ne sens plus l'aigreur de ma bile première,
Et laisse aux froids rimeurs une libre carrière.

Ainsi donc, philosophe à la raison soumis,
Mes défauts désormais sont mes seuls ennemis :
C'est l'erreur que je fuis; c'est la vertu que j'aime.
Je songe à me connaître et me cherche en moi-même [2].
C'est là l'unique étude où je veux m'attacher.
Que, l'astrolabe [3] en main, un autre aille chercher
Si le soleil est fixe ou tourne sur son axe;
Si Saturne à nos yeux peut faire un parallaxe [4];
Que Rohaut vainement sèche pour concevoir
Comment, tout étant plein, tout a pu se mouvoir;
Ou que Bernier compose et le sec et l'humide
Des corps ronds et crochus errants parmi le vide [5].
Pour moi, sur cette mer qu'ici-bas nous courons,
Je songe à me pourvoir d'esquif et d'avirons,

---

[1] Mauvais poëte, neveu de Voiture. — [2] Ce vers, qui énonce le sujet de cette épître, est, ainsi que nous l'avons dit, une imitation et non pas la traduction de ces mots de Perse : *Ne te quæsiveris extra.* — [3] Instrument astronomique qui sert à prendre la hauteur des astres. — [4] Ce mot, qui est féminin, est employé par les astronomes pour désigner la différence entre le *lieu véritable* d'un astre et son *lieu apparent*, c'est-à-dire entre le lieu du firmament auquel l'astre répondrait s'il était vu du centre de la terre et le lieu auquel cet astre répond étant vu de la surface de la terre. — [5] Rohaut, disciple ardent de Descartes, disait avec ce philosophe que, tout étant corps même ce qu'on appelle l'espace, il n'y a point de vide dans la nature. Bernier prétendait, au contraire, avec Gassendi, que le monde est composé d'atomes indivisibles qui errent dans un espace vide, infini, et que ces atomes ne peuvent se mouvoir sans laisser nécessairement entre eux de petits espaces vides.

A régler mes désirs, à prévenir l'orage
Et sauver, s'il se peut, ma raison du naufrage.

C'est au repos d'esprit que nous aspirons tous;
Mais ce repos heureux se doit chercher en nous.
Un fou rempli d'erreurs, que le trouble accompagne
Et malade à la ville ainsi qu'à la campagne
En vain monte à cheval pour tromper son ennui,
Le chagrin monte en croupe et galope avec lui.[1]
Que crois-tu qu'Alexandre, en ravageant la terre,
Cherche parmi l'horreur, le tumulte et la guerre?
Possédé d'un ennui qu'il ne saurait dompter,
Il craint d'être à soi-même et songe à s'éviter.
C'est là ce qui l'emporte aux lieux où naît l'aurore,
Où le Perse est brûlé de l'astre qu'il adore.

De nos propres malheurs auteurs infortunés,
Nous sommes loin de nous à toute heure entraînés.
A quoi bon ravir l'or au sein du nouveau monde?
Le bonheur, tant cherché sur la terre et sur l'onde,
Est ici comme aux lieux où mûrit le coco
Et se trouve à Paris de même qu'à Cusco.[2]
On ne le tire point des veines du Potose.[3]
Qui vit content de rien possède toute chose.
Mais, sans cesse ignorants de nos propres besoins,
Nous demandons au Ciel ce qu'il nous faut le moins.

Oh! que si cet hiver un rhume salutaire,
Guérissant de tous maux mon avare beau-père,
Pouvait, bien confessé, l'étendre en un cercueil

[1] Horace avait dit :

> Post equitem sedet atra cura.
> ... Comes atra premit, sequiturque fugacem.
> (*Od.* iii, 1, v. 40; *Sat.* ii, 7, v. 115, *alias* v. 90.)

[2] Capitale du Pérou au temps des Incas. — [3] « Potosi, montagne où sont les mines d'argent les plus riches de l'Amérique. » (*Note* de Boileau.)

Et remplir sa maison d'un agréable deuil ![1]
Que mon âme, en ce jour de joie et d'opulence,
D'un superbe convoi plaindrait peu la dépense !
Disait, le mois passé, doux, honnête et soumis,
L'héritier affamé de ce riche commis
Qui, pour lui préparer cette douce journée,
Tourmenta quarante ans sa vie infortunée.
La mort vient de saisir le vieillard catarrheux :
Voilà son gendre riche; en est-il plus heureux ?
Tout fier du faux éclat de sa vaine richesse,
Déjà nouveau seigneur il vante sa noblesse.
Quoique fils de meunier, encor blanc du moulin,
Il est prêt à fournir ses titres en vélin.
En mille vains projets à toute heure il s'égare :
Le voilà fou, superbe, impertinent, bizarre,
Rêveur, sombre, inquiet, à soi-même ennuyeux.
Il vivrait plus content si, comme ses aïeux,
Dans un habit conforme à sa vraie origine,
Sur le mulet encore il chargeait la farine.
Mais ce discours n'est pas pour le peuple ignorant,
Que le faste éblouit d'un bonheur apparent.
L'argent, l'argent, dit-on; sans lui tout est stérile;
La vertu sans l'argent n'est qu'un meuble inutile[2].
L'argent en honnête homme érige un scélérat;
L'argent seul au Palais peut faire un magistrat.
Qu'importe qu'en tous lieux on me traite d'infâme[3] ?
Dit ce fourbe sans foi, sans honneur et sans âme;
Dans mon coffre, tout plein de rares qualités,

[1] . . . . Oh! si
Ebullit patrui præclarum funus!
(Perse, *Sat.* II, v. 9 et 10.)

[2] O cives, cives, quærenda pecunia primum est,
Virtus post nummos.
(Horace, *Ep.* I, 1, v. 53 et 54.)

[3] Quid enim salvis infamia nummis?
(Juvénal, *Sat.* I, v. 48.)

J'ai cent mille vertus en louis bien comptés.
Est-il quelque talent que l'argent ne me donne ?
C'est ainsi qu'en son cœur ce financier raisonne.
Mais pour moi, que l'éclat ne saurait décevoir,
Qui mets au rang des biens l'esprit et le savoir,
J'estime autant Patru [1], même dans l'indigence,
Qu'un commis engraissé des malheurs de la France.
Non que je sois du goût de ce sage insensé
Qui, d'un argent commode esclave embarrassé,
Jeta tout dans la mer pour crier : Je suis libre [2]!
De la droite raison je sens mieux l'équilibre :
Mais je tiens qu'ici-bas, sans faire tant d'apprêts,
La vertu se contente et vit à peu de frais.
Pourquoi donc s'égarer en des projets si vagues

Ce que j'avance ici, crois-moi, cher Guilleragues,
Ton ami dès l'enfance ainsi l'a pratiqué.
Mon père, soixante ans au travail appliqué,
En mourant me laissa pour rouler et pour vivre
Un revenu léger [3] et son exemple à suivre.
Mais bientôt amoureux d'un plus noble métier,
Fils, frère, oncle, cousin, beau-frère de greffier,
Pouvant charger mon bras d'une utile liasse,
J'allai loin du Palais errer sur le Parnasse.
La famille en pâlit, et vit en frémissant
Dans la poudre du greffe un poëte naissant ;
On vit avec horreur une muse effrénée

---

[1] « Fameux avocat et le meilleur grammairien de son siècle. » (*Note* de Boileau.) Patru fut surnommé le Quintilien français. Les plus célèbres écrivains du dix-septième siècle le consultèrent ; il était de l'Académie française ; il a laissé des plaidoyers ; et, malgré son éloquence, il vécut pauvre. — [2] « Aristippe fit cette action, et Diogène conseilla à Cratès, philosophe cynique, de faire la même chose. » (*Note* de Boileau.) — [3] « Environ douze mille écus de patrimoine, dont notre auteur mit environ le tiers à fonds perdu sur l'hôtel de ville de Lyon, qui lui fit une rente de quinze cents livres pendant sa vie. » (*Note* de Brossette.) Son bien s'augmenta dans la suite par des héritages et par les pensions que le roi lui donna.

Dormir chez un greffier la grasse matinée [1].
Dès lors à la richesse il fallut renoncer.
Ne pouvant l'acquérir, j'appris à m'en passer,
Et surtout redoutant la basse servitude,
La libre vérité fut toute mon étude.
Dans ce métier funeste à qui veut s'enrichir,
Qui l'eût cru que pour moi le sort dût se fléchir ?
Mais du plus grand des rois la bonté sans limite,
Toujours prête à courir au-devant du mérite,
Crut voir dans ma franchise un mérite inconnu
Et d'abord de ses dons enfla mon revenu.
La brigue ni l'envie à mon bonheur contraires,
Ni les cris douloureux de mes vains adversaires [2]
Ne purent dans leur course arrêter ses bienfaits.
C'en est trop ; mon bonheur a passé mes souhaits.
Qu'à son gré désormais la fortune me joue ;
On me verra dormir au branle de sa roue.
Si quelque soin encore agite mon repos,
C'est l'ardeur de louer un si fameux héros.
Ce soin ambitieux, me tirant par l'oreille,
La nuit, lorsque je dors, en sursaut me réveille ;
Me dit que ces bienfaits dont j'ose me vanter
Par des vers immortels ont dû se mériter.
C'est là le seul chagrin qui trouble encor mon âme.
Mais si, dans le beau feu du zèle qui m'enflamme,
Par un ouvrage enfin des critiques vainqueur,
Je puis sur ce sujet satisfaire mon cœur,
Guilleragues, plains-toi de mon humeur légère
Si jamais, entraîné d'une ardeur étrangère

[1] « Boileau était grand dormeur, particulièrement dans sa jeunesse. Il se levait ordinairement fort tard, et dormait encore l'après-dînée. » (*Note* de Brossette.) — [2] Louis XIV ayant donné une pension de deux mille livres à l'auteur, un seigneur de la cour, qui n'aimait pas Despréaux, s'avisa de dire que bientôt le roi donnerait des pensions aux voleurs de grands chemins. Le roi sut ce mot et en fut fort irrité. Celui qui l'avait dit fut obligé de c dé-savouer.

Ou d'un vil intérêt reconnaissant la loi,
Je cherche mon bonheur autre part que chez moi.

———

ÉPITRE VI.

A M. DE LAMOIGNON, AVOCAT GÉNÉRAL,

Sur les plaisirs de la campagne et les ennuis de la ville. — 1677.

Boileau était allé, en 1677, passer une partie de l'été à Hautile, petite seigneurie située à treize lieues de Paris, vis-à-vis de la Roche-Guyon, du côté de Mantes, et appartenant à M. Dongois, son neveu. Chrétien-François de Lamoignon, fils du célèbre Guillaume de Lamoignon, premier président du Parlement de Paris, lui écrivit une lettre dans laquelle il lui reprochait son long séjour à la campagne et l'exhortait à revenir à la ville. Le poëte lui répondit par cette épître, qui est pleine de ses souvenirs d'Horace. Car Horace avait chanté le repos des champs dans plusieurs de ses pièces et entre autres dans sa satire intitulée : *Otii laudes et vitæ rusticæ.*

Oui, Lamoignon, je fuis les chagrins de la ville,
Et contre eux la campagne est mon unique asile.
Du lieu qui m'y retient veux-tu voir le tableau ?
C'est un petit village, ou plutôt un hameau,
Bâti sur le penchant d'un long rang de collines,
D'où l'œil s'égare au loin dans les plaines voisines.
La Seine, au pied des monts que son flot vient laver,
Voit du sein de ses eaux vingt îles s'élever,
Qui, partageant son cours en diverses manières,
D'une rivière seule y forment vingt rivières.
Tous ses bords sont couverts de saules non plantés
Et de noyers souvent du passant insultés.
Le village au-dessus forme un amphithéâtre :
L'habitant ne connaît ni la chaux ni le plâtre,
Et dans le roc, qui cède et se coupe aisément,
Chacun sait de sa main creuser son logement.

La maison du seigneur, seule un peu plus ornée,
Se présente au dehors de murs environnée.
Le soleil en naissant la regarde d'abord,
Et le mont la défend des outrages du nord.

C'est là, cher Lamoignon, que mon esprit tranquille
Met à profit les jours que la Parque me file.
Ici, dans un vallon bornant tous mes désirs,
J'achète à peu de frais de solides plaisirs.
Tantôt, un livre en main, errant dans les prairies,
J'occupe ma raison d'utiles rêveries [1];
Tantôt, cherchant la fin d'un vers que je construi [2],
Je trouve au coin d'un bois le mot qui m'avait fui;
Quelquefois, aux appâts d'un hameçon perfide,
J'amorce en badinant le poisson trop avide;
Ou d'un plomb qui suit l'œil et part avec l'éclair
Je vais faire la guerre aux habitants de l'air.
Une table au retour, propre et non magnifique,
Nous présente un repas agréable et rustique:
Là, sans s'assujettir aux dogmes du Broussain [3],
Tout ce qu'on boit est bon, tout ce qu'on mange est sain;
La maison le fournit, la fermière l'ordonne [4],
Et mieux que Bergerat [5] l'appétit l'assaisonne.
O fortuné séjour! ô champs aimés des cieux!
Que, pour jamais foulant vos prés délicieux,

[1] Il lisait alors les *Essais* de Montaigne, qui appelle lui-même ses écrits *des
rêveries d'homme qui n'a goûté des sciences que la croûte première.* (Liv. I,
ch. XXV.) — [2] Il faudrait : *je construis.* La beauté du vers suivant a fait
pardonner cette licence, que le seul embarras de la rime n'aurait pas excusée.
— [3] René Brulart, comte du Broussain ou plutôt du Broussin, était l'un des
gastronomes les plus renommés d'alors. — [4] Ce vers est une traduction laco-
nique, mais un peu décolorée de ce charmant distique de Martial :

Pinguis inæquales oncrat cui villica mensas
Et sua non emptus præparat ova cinis.
(Epig. i, 56.)

[5] Fameux traiteur.

Ne puis-je ici fixer ma course vagabonde,
Et, connu de vous seuls, oublier tout le monde [1] !

Mais à peine, du sein de vos vallons chéris
Arraché malgré moi, je rentre dans Paris
Qu'en tous lieux les chagrins m'attendent au passage.
Un cousin, abusant d'un fâcheux parentage,
Veut qu'encor tout poudreux et sans me débotter
Chez vingt juges pour lui j'aille solliciter :
Il faut voir de ce pas les plus considérables ;
L'un demeure au Marais, et l'autre aux Incurables [2].
Je reçois vingt avis qui me glacent d'effroi :
Hier, dit-on, de vous on parla chez le roi
Et d'attentat horrible on traita la satire.
— Et le roi, que dit-il ? — Le roi se prit à rire.
Contre vos derniers vers on est fort en courroux :
Pradon a mis au jour un livre contre vous ;
Et chez le chapelier du coin de notre place
Autour d'un caudebec [3] j'en ai lu la préface.
L'autre jour sur un mot la cour vous condamna ;
Le bruit court qu'avant-hier on vous assassina ;
Un écrit scandaleux sous votre nom se donne ;

[1] Ces quatre vers rappellent les vers suivants d'Horace :

> O rus, quando ego te aspiciam ? quandoque licebit
> Nunc veterum libris, nunc somno et inertibus horis
> Ducere sollicitæ jucunda oblivia vitæ ?
> . . . . Illic vivere vellem
> Oblitusque meorum, obliviscendus et illis.
>
> (*Sat.*, II, VI, v. 60-62 ; *Ep.*, I, XI, v. 9.)

[2]
> . . . . Me Romæne poëmata censes
> Scribere posse inter tot curas totque labores ?
> Hic sponsum vocat, hic auditum scripta, relictis
> Omnibus officiis : cubat hic in colle Quirini,
> Hic extremo in Aventino ; visendus uterque.
>
> (Horace, *Ep.*, II, II, v. 65-69.)

[3] « Sorte de chapeaux de laine qui se font à Caudebec, en Normandie. » (*Note de Boileau*).

D'un pasquin [1] qu'on a fait au Louvre on vous soupçonne.
— Moi ? — Vous : on nous l'a dit dans le Palais-Royal [2].

Douze ans sont écoulés depuis le jour fatal
Qu'un libraire, imprimant les essais de ma plume,
Donna, pour mon malheur, un trop heureux volume.
Toujours, depuis ce temps, en proie aux sots discours,
Contre eux la vérité m'est un faible secours.
Vient-il de la province une satire fade,
D'un plaisant du pays insipide boutade,
Pour la faire courir on dit qu'elle est de moi ;
Et le sot campagnard le croit de bonne foi.
J'ai beau prendre à témoin et la cour et la ville :
Non ; à d'autres, dit-il ; on connaît votre style.
Combien de temps ces vers vous ont-ils bien coûté ?
— Ils ne sont point de moi, monsieur, en vérité :
Peut-on m'attribuer ces sottises étranges ?
— Ah ! monsieur, vos mépris vous servent de louanges.

Ainsi de cent chagrins dans Paris accablé,
Juge si, toujours triste, interrompu, troublé,
Lamoignon, j'ai le temps de courtiser les Muses.
Le monde cependant se rit de mes excuses,
Croit que, pour m'inspirer sur chaque événement,
Apollon doit venir au premier mandement.
Un bruit court que le roi va tout réduire en poudre
Et dans Valencienne est entré comme un foudre [3] ;
Que Cambrai, des Français l'épouvantable écueil,

___

[1] Raillerie satirique ainsi nommée à cause d'une vieille statue mutilée, appelée *Pasquino*, qui est à Rome et à laquelle on a coûtume d'attacher des épigrammes mordantes et des bouffonneries moqueuses. Ce mot ne s'emploie plus que pour désigner le railleur lui-même. — [2] La plupart des nouvellistes s'assemblaient alors dans le jardin de ce palais ; et l'on appelait ordinairement les nouvelles fausses ou suspectes des nouvelles du Palais-Royal. — [3] Cette ville, au bout de quelques jours de siége, avait été emportée d'assaut en moins d'une demi-heure, au mois de mars de cette même année 1677.

A vu tomber enfin ses murs et son orgueil [1] ;
Que, devant Saint-Omer, Nassau, par sa défaite,
De Philippe vainqueur [2] rend la gloire complète.
Dieu sait comme les vers chez vous s'en vont couler !
Dit d'abord un ami qui veut me cajoler
Et, dans ce temps guerrier et fécond en Achilles,
Croit que l'on fait les vers comme l'on prend les villes.
Mais moi dont le génie est mort en ce moment,
Je ne sais que répondre à ce vain compliment ;
Et, justement confus de mon peu d'abondance,
Je me fais un chagrin du bonheur de la France.

Qu'heureux est le mortel qui, du monde ignoré,
Vit content de soi-même en un coin retiré ;
Que l'amour de ce rien qu'on nomme renommée
N'a jamais enivré d'une vaine fumée ;
Qui de sa liberté forme tout son plaisir
Et ne rend qu'à lui seul compte de son loisir !
Il n'a point à souffrir d'affronts ni d'injustices,
Et du peuple inconstant il brave les caprices.
Mais nous autres faiseurs de livres et d'écrits,
Sur les bords du Permesse aux louanges nourris,
Nous ne saurions briser nos fers et nos entraves,
Du lecteur dédaigneux honorables esclaves.
Du rang où notre esprit une fois s'est fait voir
Sans un fâcheux éclat nous ne saurions déchoir.

[1] Sous les règnes précédents Cambrai avait été attaqué inutilement par les Français ; mais, après vingt jours de siége, le roi s'en rendit maître le 17 avril 1677. — [2] Guillaume de Nassau, prince d'Orange, désespérant de sauver Cambrai assiégé par Louis XIV en personne, abandonna subitement la défense de cette ville pour secourir Saint-Omer attaqué par le frère du roi, Philippe de France, duc d'Orléans, et vint se placer, avec trente mille hommes, sur les hauteurs de Cassel. Au bruit de sa marche, le duc, obligé de laisser une partie de ses troupes devant la place, ne craignit pas d'aller offrir le combat au prince hollandais malgré la supériorité de ses forces et les avantages du poste qu'il avait choisi. Il remporta une victoire complète le 11 avril 1677, et neuf jours après Saint-Omer capitula.

Le public, enrichi du tribut de nos veilles,
Croit qu'on doit ajouter merveilles sur merveilles.
Au comble parvenus, il veut que nous croissions :
Il veut en vieillissant que nous rajeunissions.
Cependant tout décroît; et moi-même à qui l'âge
D'aucune ride encor n'a flétri le visage,
Déjà moins plein de feu, pour animer ma voix
J'ai besoin du silence et de l'ombre des bois [1] :
Ma muse, qui se plaît dans leurs routes perdues,
Ne saurait plus marcher sur le pavé des rues.
Ce n'est que dans ces bois, propres à m'exciter,
Qu'Apollon quelquefois daigne encor m'écouter.

Ne demande donc plus par quelle humeur sauvage
Tout l'été, loin de toi, demeurant au village,
J'y passe obstinément les ardeurs du Lion [2]
Et montre pour Paris si peu de passion.
C'est à toi, Lamoignon, que le rang, la naissance,
Le mérite éclatant et la haute éloquence
Appellent dans Paris aux sublimes emplois,
Qu'il sied bien d'y veiller pour le maintien des lois.
Tu dois là tous tes soins au bien de ta patrie :
Tu ne t'en peux bannir que l'orphelin ne crie,
Que l'oppresseur ne montre un front audacieux;
Et Thémis pour voir clair a besoin de tes yeux.
Mais pour moi, de Paris citoyen inhabile,
Qui ne lui puis fournir qu'un rêveur inutile,
Il me faut du repos, des prés et des forêts.
Laisse-moi donc ici, sous leurs ombrages frais,
Attendre que septembre ait ramené l'automne
Et que Cérès contente ait fait place à Pomone.
Quand Bacchus comblera de ses nouveaux bienfaits

____

[1] Il était dans sa quarante et unième année. — [2] Du mois de juillet, pendant lequel le soleil est dans le signe du Lion.

Le vendangeur ravi de ployer sous le faix,
Aussitôt ton ami, redoutant moins la ville,
T'ira joindre à Paris, pour s'enfuir à Bâville [1].
Là, dans le seul loisir que Thémis t'a laissé,
Tu me verras souvent, à te suivre empressé,
Pour monter à cheval, rappelant mon audace,
Apprenti cavalier galoper sur ta trace.
Tantôt sur l'herbe assis, au pied de ces coteaux
Où Polycrène [2] épand ses libérales eaux,
Lamoignon, nous irons, libres d'inquiétude,
Discourir des vertus dont tu fais ton étude;
Chercher quels sont les biens véritables ou faux ;
Si l'honnête homme en soi doit souffrir des défauts;
Quel chemin le plus droit à la gloire nous guide,
Ou la vaste science ou la vertu solide [3].
C'est ainsi que chez toi tu sauras m'attacher.
Heureux si les fâcheux, prompts à nous y chercher,
N'y viennent point semer l'ennuyeuse tristesse !
Car, dans ce grand concours d'hommes de toute espèce
Que sans cesse à Bâville attire le devoir,
Au lieu de quatre amis qu'on attendait le soir,
Quelquefois de fâcheux arrivent trois volées,
Qui du parc à l'instant assiégent les allées.
Alors sauve qui peut; et quatre fois heureux
Qui sait pour s'échapper quelque antre ignoré d'eux !

[1] Maison de campagne de M. de Lamoignon, à neuf lieues de Paris, du côté d'Étampes. — [2] Fontaine à une demi-lieue de Bâville, ainsi nommée, à cause de l'abondance de ses eaux, par le premier président de Lamoignon, père de l'avocat général auquel cette épître est adressée. Les Pères Rapin et Commire ont chanté cette source dans leurs poésies latines. — [3] Vers inspirés par Horace.

> . . . . : Quod magis ad nos
> Pertinet et nescire malum est agitamus : utrumne
> Divitiis homines an sint virtute beati;
> Quidve ad amicitias, usus rectumne, trahat nos;
> Et quæ sit natura boni summumque quid ejus.
>
> (Sat., II, VI, v. 72-76.)

A M. RACINE.

Sur le cas que doit faire un poëte des critiques et des oppositions de l'envie,
septième épître de BOILEAU. — 1677.

Jean Racine, alors âgé de trente-sept ans et déjà célèbre par ses
tragédies d'*Andromaque*, de *Britannicus*, de *Bajazet*, de *Mithridate* et
d'*Iphigénie*, venait d'être mortifié aux premières représentations de sa
Phèdre. Cette pièce, qui apparut sur la scène le 1er janvier 1677, était
presque tombée devant la *Phèdre* d'un mauvais poëte, de Pradon,
jouée en même temps et applaudie à outrance par une cabale qui en
voulait à l'émule de Corneille. Le triomphe de ce plat adversaire ne
dura pas trois semaines; mais le grand poëte avait été fort sensible à
l'humiliation de sa muse. Ce fut pour le consoler et en même temps
pour le venger des injustices de ses ennemis que Boileau lui envoya
cette épître et la fit imprimer [1]. Il y montre à son ami qu'il ne faut
pas se laisser abattre par les clameurs et les persécutions de l'envie,
premièrement, parce qu'elles sont inévitables et que tout homme de
génie doit s'attendre au sort de Molière, attaqué de son vivant, admiré
après sa mort; secondement, parce qu'elles sont utiles au génie,
qu'elles forcent à s'élever sans cesse; troisièmement enfin, parce
qu'elles sont impuissantes. Le jugement de la postérité en fera justice; et, dès maintenant, le suffrage des admirateurs de Racine, parmi
lesquels on compte tout ce que Paris et la France ont de plus éclairé,
le dédommagent abondamment du dédain et des injures de quelques
sots. Ainsi, pour relever le courage de Racine, Boileau ne se contente
pas de lui rappeler ses anciens succès; il généralise sa thèse en faisant voir quel a toujours été et quel a dû toujours être le sort des
grands talents et quelle utilité l'homme de génie peut retirer de ses
ennemis mêmes. Son épître, suivant la remarque de Dussault, aurait
pu n'être qu'un fade panégyrique de l'auteur de *Phèdre*; mais, telle
qu'il l'a conçue et exécutée, cette consolation adressée à un ami de-
vient une leçon pour tous les âges [2].

Que tu sais bien, Racine, à l'aide d'un acteur,
Émouvoir, étonner, ravir un spectateur !
Jamais Iphigénie, en Aulide immolée,
N'a coûté tant de pleurs à la Grèce assemblée

---

[1] Elle fut composée cinq ou six mois avant la précédente. — [2] *Annales lit-
téraires*, t. II, p. 252 (Paris, 1818).

Que dans l'heureux spectacle à nos yeux étalé
En a fait, sous son nom, verser la Champmeslé [1].
Ne crois pas toutefois, par tes savants ouvrages,
Entraînant tous les cœurs, gagner tous les suffrages.
Sitôt que d'Apollon un génie inspiré
Trouve loin du vulgaire un chemin ignoré,
En cent lieux contre lui les cabales s'amassent;
Ses rivaux obscurcis autour de lui croassent;
Et son trop de lumière, importunant les yeux,
De ses propres amis lui fait des envieux.
La mort seule ici-bas, en terminant sa vie,
Peut calmer sur son nom l'injustice et l'envie,
Faire au poids du bon sens peser tous ses écrits
Et donner à ses vers leur légitime prix [2].

Avant qu'un peu de terre, obtenu par prière,
Pour jamais sous la tombe eût enfermé Molière [3],
Mille de ses beaux traits, aujourd'hui si vantés,
Furent des sots esprits à nos yeux rebutés.
L'ignorance et l'erreur à ses naissantes pièces,

---

[1] Célèbre actrice. Racine, qui récitait admirablement bien, avait pris soin de la former. Pendant sa dernière maladie elle renonça au théâtre en présence du curé de Saint-Sulpice, et avant sa mort elle renouvela cette abjuration entre les mains du curé d'Auteuil. — [2] Horace avait déjà exprimé cette pensée :

Urit enim fulgore suo qui præygravat artes
Infra se positas; exstinctus amabitur idem.
(Ép., II, I, v. 13 et 14.)

[3] Molière étant mort presque subitement, après avoir joué *le Malade imaginaire*, les comédiens se disposaient à lui faire un convoi magnifique; mais, comme il était soumis à l'excommunication dont l'autorité ecclésiastique avait frappé en France ceux de sa profession, l'archevêque de Paris, Mgr de Harlay, ne voulut pas permettre qu'on l'inhumât en terre sainte. La femme du poëte alla se jeter aux pieds de Louis XIV, pour se plaindre de l'injure que l'on faisait, disait-elle, à la mémoire de son mari. Le roi, après avoir répondu que cette affaire dépendait de l'archevêque et que c'était à lui qu'il fallait s'adresser, fit prier le prélat d'éviter l'éclat et le scandale. L'archevêque révoqua donc sa défense, mais à la condition que l'enterrement serait fait sans pompe et sans bruit; ce qui ut exécuté.

En habits de marquis, en robes de comtesses,
Venaient pour diffamer son chef-d'œuvre nouveau
Et secouaient la tête à l'endroit le plus beau.
Le commandeur voulait la scène plus exacte,
Le vicomte indigné sortait au second acte [1].
L'un, défenseur zélé des bigots mis en jeu,
Pour prix de ses bons mots le condamnait au feu [2];
L'autre, fougueux marquis, lui déclarant la guerre,
Voulait venger la cour immolée au parterre.
Mais sitôt que d'un trait de ses fatales mains
La Parque l'eut rayé du nombre des humains,
On reconnut le prix de sa muse éclipsée.
L'aimable Comédie, avec lui terrassée,
En vain d'un coup si rude espéra revenir
Et sur ses brodequins ne put plus se tenir.
Tel fut chez nous le sort du théâtre comique.
Toi donc qui, t'élevant sur la scène tragique,
Suis les pas de Sophocle et, seul de tant d'esprits,
De Corneille vieilli sais consoler Paris [3],
Cesse de t'étonner si l'envie animée,
Attachant à ton nom sa rouille envenimée,
La calomnie en main, quelquefois te poursuit [4].

[1] Allusion à *l'École des femmes*, l'une des premières comédies de Molière, qui fut très-suivie et encore plus critiquée. Le commandeur de Souvré se prononça fortement contre elle; et le vicomte de Broussin, assistant un jour à une représentation de cette pièce, sortit au second acte pour faire sa cour au commandeur, et dit, en s'en allant, qu'il ne concevait pas comment on pouvait avoir la patience d'écouter jusqu'au bout une comédie où l'on violait ainsi toutes les règles. — [2] Ce n'est pas Molière, mais quelques-unes de ses scènes qu'on aurait voulu jeter au feu. Il y a, en effet, dans ses comédies des obscénités dont la suppression eût été un service rendu à la morale publique. — [3] Le grand Corneille avait alors soixante-onze ans; il vécut jusqu'en 1684. — [4] Madame Deshoulières, l'âme de la cabale dont Racine fut un moment la victime, avait fait contre la tragédie de *Phèdre* et contre son auteur un sonnet fort insolent qu'elle s'était bien gardée de signer. On l'attribua au duc de Nevers, qui fut maltraité dans une réponse anonyme et sanglante, faite sur les mêmes rimes par trois amis du grand tragique. Racine et Boileau furent accusés de cet outrage; et le duc irrité leur adressa un troisième sonnet terminé par des menaces, qui allaient probablement avoir leur effet, quand le grand Condé prit

En cela, comme en tout, le Ciel, qui nous conduit,
Racine, fait briller sa profonde sagesse.
Le mérite en repos s'endort dans la paresse;
Mais par les envieux un génie excité
Au comble de son art est mille fois monté :
Plus on veut l'affaiblir, plus il croît et s'élance.
Au Cid persécuté Cinna doit sa naissance [1],
Et peut-être ta plume aux censeurs de Pyrrhus
Doit les plus nobles traits dont tu peignis Burrhus [2].

Moi-même dont la gloire ici moins répandue
Des pâles envieux ne blesse point la vue,
Mais qu'une humeur trop libre, un esprit peu soumis
De bonne heure a pourvu d'utiles ennemis,
Je dois plus à leur haine, il faut que je l'avoue,
Qu'au faible et vain talent dont la France me loue.
Leur venin, qui sur moi brûle de s'épancher,
Tous les jours en marchant m'empêche de broncher.
Je songe, à chaque trait que ma plume hasarde,
Que d'un œil dangereux leur troupe me regarde.
Je sais sur leurs avis corriger mes erreurs,
Et je mets à profit leurs malignes fureurs.
Sitôt que sur un vice ils pensent me confondre,
C'est en me guérissant que je sais leur répondre;
Et plus en criminel ils pensent m'ériger,
Plus, croissant en vertu, je songe à me venger [3].

les deux poëtes sous sa sauvegarde. C'est à cette calomnie que Boileau paraît
faire allusion dans ce vers.

[1] L'Académie française, par l'ordre du cardinal de Richelieu, critiqua le *Cid*
de Corneille ; et Chapelain rédigea la censure officielle de cette tragédie, qui
a de grandes beautés, mais qui n'est pas un chef-d'œuvre. *Cinna* parut deux
ans après, et fut supérieur au *Cid*. — [2] Ces deux vers désignent *Andromaque*
et *Britannicus*. La première de ces tragédies trouva des censeurs : on y condamnait surtout le caractère de Pyrrhus, qu'on trouvait trop emporté et trop
farouche et que le grand Condé appelait un malhonnête homme. Racine, dans
son *Britannicus*, qu'il composa deux ans après, voulut donner à Burrhus le
caractère d'un homme vertueux. — [3] Boileau aimait à répéter cette maxime

Imite mon exemple, et lorsqu'une cabale,
Un flot de vains auteurs follement te ravale,
Profite de leur haine et de leur mauvais sens,
Ris du bruit passager de leur cris impuissants.
Que peut contre tes vers une ignorance vaine?
Le parnasse français, ennobli par ta veine,
Contre tous ces complots saura te maintenir
Et soulever pour toi l'équitable avenir [1].....

Cependant laisse ici gronder quelques censeurs
Qu'aigrissent de tes vers les charmantes douceurs.
Et qu'importe à nos vers que Perrin les admire,
Que l'auteur du Jonas s'empresse pour les lire [2],
Qu'ils charment de Senlis le poëte idiot [3]
Ou le sec traducteur du français d'Amyot [4],
Pourvu qu'avec éclat leurs rimes débitées
Soient du peuple, des grands, des provinces goûtées;

de Plutarque : « Il faut avoir des amis et des ennemis; des amis, pour nous apprendre notre devoir; des ennemis, pour nous obliger à le faire. »

[1] Nous avons cru devoir faire passer du texte de Boileau dans nos notes les six vers suivants, où ce poëte, trompé par son amitié pour Racine et par sa théologie janséniste, trouve une leçon de morale dans une pièce qui n'est au fond que la justification d'une grande criminelle :

> Et qui, voyant un jour la douleur vertueuse
> De Phèdre malgré soi perfide, incestueuse,
> D'un si noble travail justement étonné,
> Ne bénira d'abord le siècle fortuné
> Qui, rendu plus fameux par tes illustres veilles,
> Vit naître sous ta main ces pompeuses merveilles?

La douleur d'une âme tourmentée par ses remords ne peut être vertueuse que dans le cas où elle amène le repentir et le changement. Persévérer, comme Phèdre, dans ses projets criminels, malgré les déchirements de sa conscience, c'est devenir plus coupable encore. — [2] Jacques de Coras, qui publia, en 1663, le mauvais poëme intitulé : *Jonas* ou *Ninive pénitente*. — [3] Linière, qui avait la physionomie d'un idiot. Il ne réussissait qu'à faire des chansons impies. Boileau lui reprocha un jour de n'avoir de l'esprit que contre Dieu. On l'appelait l'Athée de Senlis. — [4] Jacques Amyot, écrivain célèbre, qui a traduit en français toutes les œuvres de Plutarque. L'abbé Tallemant entreprit d'en faire une nouvelle traduction, dans laquelle, dit Brossette, il ne fit que regratter celle d'Amyot et la mettre en meilleur langage, sans consulter l'original grec.

Pourvu qu'ils sachent plaire au plus puissant des rois,
Qu'à Chantilly Condé les souffre quelquefois[1],
Qu'Enghien en soit touché, que Colbert et Vivonne[2],
Que La Rochefoucauld, Marsillac et Pomponne[3]
Et mille autres qu'ici je ne puis faire entrer
A leurs traits délicats se laissent pénétrer!
Et plût au ciel encor, pour couronner l'ouvrage,
Que Montausier voulût leur donner son suffrage[4]!
C'est à de tels lecteurs que j'offre mes écrits.
Mais pour un tas grossier de frivoles esprits,
Admirateurs zélés de toute œuvre insipide,
Que, non loin de la place où Brioché préside[5],
Sans chercher dans les vers ni cadence ni son,
Il s'en aille admirer le savoir de Pradon[6].

On a prétendu que cette épître ne fit pas sur l'esprit de Racine l'impression que son ami avait espérée. L'auteur de *Phèdre* renonça, en effet, pour toujours au théâtre profane, et ne chaussa plus le cothurne que pour faire parler, douze ans plus tard, la muse sacrée des Prophètes dans son *Esther* et son *Athalie*. Ce long silence et cette retraite ont été généralement attribués au découragement et au dépit. Le grand poëte, dit-on, ne put se réconcilier avec un siècle assez injuste pour lui préférer un Pradon, et se retira, comme Achille, sous sa tente. Cette explication de sa conduite est une invention d'hommes frivoles et incapables de comprendre qu'on peut renoncer à la gloire autrement que par découragement ou par vengeance.

« Racine cette année-là même, dit le plus célèbre de ses commen-

---

[1] Le grand Condé a passé les dernières années de sa vie dans sa belle maison de Chantilly. Voyez l'oraison funèbre de ce prince par Bossuet. — [2] Le grand Colbert, ministre des finances; le maréchal duc de Vivonne. Voyez, ci-dessus, *Epître* I, p. 188. — [3] Le duc de La Rochefoucauld, auteur du livre des *Maximes morales*. Marsillac, fils du duc de La Rochefoucauld. Le marquis de Pomponne, ministre d'État. — [4] Le duc de Montausier était misanthrope et en voulait à Boileau à cause de ses satires. Ce vers, obligeant et flatteur, produisit sur lui l'effet que le poëte s'en était promis : ils devinrent amis pour toujours. — [5] Fameux joueur de marionnettes. — [6] Pradon passait pour être aussi ignorant que mauvais poëte. On prétend qu'un jour, au sortir d'une de ses tragédies, il répondit au prince de Conti l'aîné, qui lui faisait remarquer qu'il avait transporté une ville d'Asie en Europe : « Je prie Votre Altesse de m'excuser, car je ne sais pas trop bien la chronologie. »

tateurs, reconnut enfin la vanité de ses travaux et considéra avec les yeux d'un chrétien ses occupations profanes. Les principes religieux dont il avait été nourri et que la fougue de la jeunesse, jointe à l'enthousiasme poétique, n'avait pu étouffer se ranimèrent dans son âme avec une nouvelle force. La raison et l'expérience le dégoûtèrent de cette fumée des applaudissements dont il s'était jusqu'alors enivré : il sentit qu'il y avait dans le monde un état plus noble et plus honnête que celui d'exciter dans les cœurs des passions souvent funestes [1]. »

Non-seulement l'auteur de *Phèdre* ne voulut plus travailler pour le théâtre, mais il se fit scrupule d'y mettre le pied, et il chercha à détourner ses enfants des amusements frivoles et dangereux de la scène [2].

AU ROI.

Sur l'embarras dans lequel sa gloire et ses bienfaits ont mis un poëte né pour la satire, huitième épître de Boileau. — 1676.

Cette épître, que Boileau appelait son remercîment, fut composée et présentée à Louis XIV en 1675 ; mais elle ne put être livrée au public que l'année suivante : la raison de ce retard tient à l'histoire des triomphes du grand monarque. Nos armées, commandées par Turenne, étaient victorieuses en Alsace ; et les Impériaux, battus coup sur coup à Mulhausen et à Turckheim, avaient été obligés, le 6 janvier, de repasser le Rhin quand ce magnifique vers, inspiré par la fortune de nos drapeaux, avait été lu à la cour :

> Grand roi, cesse de vaincre, ou je cesse d'écrire.

Mais la campagne de 1675, si heureusement commencée, finit par des désastres. Turenne fut tué par un boulet le 27 juillet ; nos troupes, privées d'un tel chef, reculèrent à leur tour ; le maréchal de Créqui, après une bataille perdue, fut fait prisonnier à Trèves, où il s'était réfugié. Avec de pareilles catastrophes, la publication du beau vers devenait impossible. Le pauvre poëte fit tout ce qu'il put pour modifier le premier hémistiche, mais il n'en vint pas à bout ; car voici ce qu'il trouva de mieux :

> Grand roi, *sois moins louable*, ou je cesse d'écrire.

---

[1] Geoffroy, *Vie de Jean Racine*, p. 35, t. Ier de ses *Commentaires* sur les œuvres de ce poëte (Paris, 1808). — [2] Voyez l'édition *in-octavo*, p. 220 et 221.

Despréaux avait trop de goût pour se contenter d'une telle platitude; il attendit donc que le succès d'une nouvelle campagne rendît à son vers sa première opportunité. En effet, dès le printemps de l'année suivante, Louis XIV, marchant lui-même à la tête de nos armées, s'empara de plusieurs places dans les Flandres; et le compliment, réparé par la victoire, put paraître en public sans courir le danger, comme à la fin de 1675, de passer pour une raillerie.

Grand roi, cesse de vaincre, ou je cesse d'écrire.
Tu sais bien que mon style est né pour la satire;
Mais mon esprit, contraint de la désavouer,
Sous ton règne étonnant ne veut plus que louer.
Tantôt, dans les ardeurs de ce zèle incommode,
Je songe à mesurer les syllabes d'une ode;
Tantôt, d'une Énéide auteur ambitieux,
Je m'en forme déjà le plan audacieux.
Ainsi, toujours flatté d'une douce manie,
Je sens de jour en jour dépérir mon génie;
Et mes vers, en ce style ennuyeux, sans appas,
Déshonorent ma plume et ne t'honorent pas.

Encor si ta valeur, à tout vaincre obstinée,
Nous laissait, pour le moins, respirer une année,
Peut-être mon esprit, prompt à ressusciter,
Du temps qu'il a perdu saurait se racquitter [1].
Sur ses nombreux défauts, merveilleux à décrire,
Le siècle m'offre encor plus d'un bon mot à dire.
Mais à peine Dinan et Limbourg sont forcés
Qu'il faut chanter Bouchain et Condé terrassés [2].

----

[1] Ce mot n'est guère poétique : on l'a reproché à Boileau. — [2] Condé se rendit dès les premiers jours de la campagne, au mois d'avril 1676, et Bouchain fut emporté au mois de mai. Ces deux vers étaient ainsi tournés en 1675 :

> Mais à peine Salins et Dôle sont forcés
> Qu'il faut chanter Dinan et Limbourg terrassés.

Salins et Dôle avaient été conquis en 1694; Dinan et Limbourg furent pris l'année suivante, au commencement de la campagne terminée par la mort de Turenne.

Ton courage, affamé de péril et de gloire,
Court d'exploits en exploits, de victoire en victoire.
Souvent ce qu'un seul jour te voit exécuter
Nous laisse pour un an d'actions à conter.

Que si quelquefois, las de forcer des murailles,
Le soin de tes sujets te rappelle à Versailles,
Tu viens m'embarrasser de mille autres vertus :
Te voyant de plus près, je t'admire encor plus.
Dans les nobles douceurs d'un séjour plein de charmes
Tu n'es pas moins héros qu'au milieu des alarmes :
De ton trône agrandi portant seul tout le faix,
Tu cultives les arts; tu répands les bienfaits;
Tu sais récompenser jusqu'aux muses critiques.
Ah! crois-moi, c'en est trop. Nous autres satiriques,
Propres à relever les sottises du temps,
Nous sommes un peu nés pour être mécontents :
Notre muse, souvent paresseuse et stérile,
A besoin pour marcher de colère et de bile.
Notre style languit dans un remercîment :
Mais, grand roi, nous savons nous plaindre élégamment.

Oh! que si je vivais sous les règnes sinistres
De ces rois nés valets de leurs propres ministres[1]
Et qui, jamais en main ne prenant le timon,
Aux exploits de leur temps ne prêtaient que leur nom,
Que, sans les fatiguer d'une louange vaine,
Aisément les bons mots couleraient de ma veine!
Mais toujours sous ton règne il faut se récrier;
Toujours, les yeux au ciel, il faut remercier.
Sans cesse à t'admirer ma critique forcée
N'a plus en écrivant de maligne pensée;
Et mes chagrins, sans fiel et presque évanouis,

---

[1] Les derniers rois de la première race laissaient toute l'administration des affaires aux maires du palais.

Font grâce à tout le siècle en faveur de Louis.
En tous lieux cependant la Pharsale approuvée [1],
Sans crainte de mes vers, va la tête levée;
La licence partout règne dans les écrits :
Déjà le mauvais sens, reprenant ses esprits,
Songe à nous redonner des poëmes épiques [2],
S'empare des discours mêmes académiques [3].
Perrin a de ses vers obtenu le pardon,
Et la scène française est en proie à Pradon [4].
Et moi, sur ce sujet loin d'exercer ma plume,
J'amasse de tes faits le pénible volume [5];
Et ma muse, occupée à cet unique emploi,
Ne regarde, n'entend, ne connaît plus que toi.

Tu le sais bien pourtant, cette ardeur empressée
N'est point en moi l'effet d'une âme intéressée.
Avant que tes bienfaits courussent me chercher
Mon zèle impatient ne se pouvait cacher.
Je n'admirais que toi. Le plaisir de le dire
Vint m'apprendre à louer au sein de la satire;
Et depuis que tes dons sont venus m'accabler,
Loin de sentir mes vers avec eux redoubler,
Quelquefois, le dirai-je? un remords légitime,
Au fort de mon ardeur, vient refroidir ma rime.
Il me semble, grand roi, dans mes nouveaux écrits

[1] *La Pharsale* de Brébeuf, traduction libre de celle de Lucain. — [2] « *Childebrand* et *Charlemagne*, poëmes qui n'ont point réussi. » (*Note* de Boileau.) La première de ces épopées, intitulée aussi *Les Sarrasins chassés de France*, est l'œuvre de Jacques Carel; elle parut en 1666. La seconde avait été publiée par Louis Le Laboureur deux ans plus tôt. Boileau aurait pu en citer beaucoup d'autres, dont il se moque ailleurs; par exemple, *la Pucelle* de Chapelain, le *Moïse sauvé* de Saint-Amant, l'*Alaric* de Scudéri, le *Clovis* de Desmarets, etc. — [3] On écrirait aujourd'hui *même académique*; mais au dix-septième siècle *même*, adverbe, pouvait finir par un *s*, au gré des versificateurs. — [4] Sur Perrin et Pradon, voyez l'*Épître* précédente, p. 218, *note* 3, et 219, *note* 9. — [5] Ce vers et les deux suivants pourraient faire croire que Boileau écrivait déjà l'histoire de Louis XIV; mais il ne fut nommé historiographe du roi, avec Jean Racine, qu'en 1677.

Que mon encens payé n'est plus du même prix.
J'ai peur que l'univers, qui sait ma récompense,
N'impute mes transports à ma reconnaissance,
Et que par tes présents mon vers décrédité
N'ait moins de poids pour toi dans la postérité.

Toutefois je sais vaincre un remords qui te blesse.
Si tout ce qui reçoit des fruits de ta largesse
A peindre tes exploits ne doit point s'engager,
Qui d'un si juste soin se pourra donc charger?
Ah ! plutôt de nos sons redoublons l'harmonie :
Le zèle à mon esprit tiendra lieu de génie.
Horace, tant de fois dans mes vers imité,
De vapeurs [1], en son temps, comme moi tourmenté,
Pour amortir le feu de sa rate indocile
Dans l'encre quelquefois sut égayer sa bile;
Mais de la même main qui peignit Tullius [2],
Qui d'affronts immortels couvrit Tigellius [3]
Il sut fléchir Glycère, il sut vanter Auguste
Et marquer sur sa lyre une cadence juste.
Suivons les pas fameux d'un si noble écrivain.
A ces mots, quelquefois prenant la lyre en main,
Au récit que pour toi je suis près d'entreprendre,
Je crois voir les rochers accourir pour m'entendre;
Et déjà mon vers coule à flots précipités,
Quand j'entends le lecteur qui me crie : Arrêtez!
Horace eut cent talents ; mais la nature avare
Ne vous à rien donné qu'un peu d'humeur bizarre :

---

[1] « Ce mot, dit Brossette, se doit prendre au sens figuré et signifie l'humeur chagrine et satirique. Dans le temps auquel notre auteur composa cette épître on ne connaissait de vapeurs qu'aux femmes ; et les hommes ne s'étaient pas encore avisés d'être attaqués de cette indisposition. » — [2] Sénateur romain. César l'exclut du sénat; mais il y rentra après la mort de cet empereur. Voyez Horace, liv. 1er, *satire* 6, v. 24. — [3] Fameux musicien, le plus estimé de son temps et fort chéri d'Auguste. Voyez le commencement de là *satire* III du premier livre des *Satires* d'Horace.

Vous passez en audace et Perse et Juvénal ;
Mais sur le ton flatteur Pinchêne est votre égal [1].
A ce discours, grand roi, que pourrais-je répondre ?
Je me sens sur ce point trop facile à confondre ;
Et, sans trop relever des reproches si vrais,
Je m'arrête à l'instant, j'admire, et je me tais.

A M. LE MARQUIS DE SEIGNELAY, SECRÉTAIRE D'ÉTAT [2].

Sur la nécéssité du vrai en tout, neuvième épître de BOILEAU. — 1675.

Cette épître, composée au commencement de 1675, est donc antérieure par sa date aux deux précédentes. L'auteur y démontre la nécessité du vrai en tout, dans les vers comme dans les mœurs : en poésie, qu'il s'agisse d'éloge ou de satire, *rien n'est beau que le vrai ;* dans le commerce de la vie *rien n'est beau que par la vérité ; le faux est toujours fade ; c'est le vice qui de nos mœurs a banni la franchise.* Dans l'âge d'or et d'innocence toute parole était vraie, tout visage était sans fard.

Cette thèse, nettement posée dans sa première partie, n'est pas aussi claire dans la seconde. Quelques critiques, Marmontel entre autres, ont pris dans un mauvais sens ce que le poëte y dit de la nécessité du vrai dans les mœurs. Boileau, en effet, condamnant, à bon droit, la fausseté et l'hypocrisie, dit qu'il faut paraître ce que l'on est, chagrin si l'on est d'humeur chagrine, plutôt que d'affecter une gaieté qu'on n'a pas. Ses censeurs en ont conclu qu'il voulait qu'on suivît sa nature bonne ou mauvaise sans songer à se corriger de ses défauts. Mais il est évident à qui lit cette épître avec attention et sans malveillance que l'auteur est loin d'avoir énoncé cette doctrine immorale et absurde. Il veut qu'on montre franchement son caractère lorsqu'il n'a rien de vicieux ; sa mélancolie, par exemple, quand elle n'est pas

[1] Étienne Martin, seigneur de Pinchêne, neveu de Voiture. Il avait fait imprimer un gros recueil de mauvaises poésies, contenant *les éloges du roi, des princes et princesses de son sang et de toute sa cour.* — [2] Ce marquis de Seignelay, mort à trente-neuf ans, en 1690, était le fils aîné du grand Colbert, ministre de Louis XIV pendant vingt-deux ans et qui vécut jusqu'en 1683. Ministre et secrétaire d'Etat, il acheva d'élever la marine et le commerce au plus haut degré de splendeur, et fut, comme son père, le protecteur des arts et des sciences.

excessive et désagréable, plutôt que de prendre un air gauche en se faisant joyeux sans gaieté. Avouons, cependant, que le passage de Boileau sur la fausseté morale aurait eu besoin d'une distinction plus nette entre les vices qu'il faut corriger, pour devenir aimable, et le caractère qui, pour plaire, doit garder son originalité. Le poëte a visé à la concision pour être énergique, et l'expression de sa pensée n'a pas été assez complète.

Dangereux ennemi de tout mauvais flatteur,
Seignelay, c'est en vain qu'un ridicule auteur,
Prêt à porter ton nom de l'*Èbre jusqu'au Gange* [1],
Croit te prendre aux filets d'une sotte louange :
Aussitôt ton esprit, prompt à se révolter,
S'échappe, et rompt le piége où l'on veut l'arrêter.
Il n'en est pas ainsi de ces esprits frivoles
Que tout flatteur endort au son de ses paroles;
Qui, dans un vain sonnet placés au rang des dieux,
Se plaisent à fouler l'Olympe radieux,
Et, fiers du haut étage où La Serre les loge [2],
Avalent sans dégoût le plus grossier éloge.
Tu ne te repais point d'encens à si bas prix.
Non que tu sois pourtant de ces rudes esprits
Qui regimbent toujours, quelque main qui les flatte [3] :
Tu souffres la louange adroite et délicate,
Dont la trop forte odeur n'ébranle point les sens.
Mais un auteur novice à répandre l'encens
Souvent à son héros, dans un bizarre ouvrage,
Donne de l'encensoir au travers du visage;
Va louer Monterey d'Oudenarde forcé [4],

[1] Boileau fit imprimer cet hémistiche en caractères différents, parce que les poëtes d'alors l'employaient jusqu'à la satiété. — [2] Fade panégyriste, renommé pour son galimatias. — [3] Image empruntée à Horace.

. . . . Nisi dextro tempore Flacci
Verba per attentam non ibunt Cæsaris aurem :
Cui male si palpere, recalcitrat undique tutus,
(*Sat.* II, 1, v. 17-20.)

[4] Le comte de Monterey, général espagnol et gouverneur des Pays-Bas,

Ou vante aux électeurs Turenne repoussé [1].
Tout éloge imposteur blesse une âme sincère.
Si pour faire sa cour à ton illustre père,
Seignelay, quelque auteur, d'un faux zèle emporté,
Au lieu de peindre en lui la noble activité,
La solide vertu, la vaste intelligence,
Le zèle pour son roi, l'ardeur, la vigilance,
La constante équité, l'amour pour les beaux arts [2],
Lui donnait les vertus d'Alexandre ou de Mars,
Et, pouvant justement l'égaler à Mécène,
Le comparait au fils de Pélée et d'Alcmène [3],
Ses yeux, d'un tel discours faiblement éblouis,
Bientôt dans ce tableau reconnaîtraient Louis [4],
Et, glaçant d'un regard la muse et le poëte,
Imposeraient silence à sa verve indiscrète.

Un cœur noble est content de ce qu'il trouve en lui,
Et ne s'applaudit point des qualités d'autrui.
Que me sert en effet qu'un admirateur fade
Vante mon embonpoint si je me sens malade,
Si dans cet instant même un feu séditieux

après la bataille de Senef, en 1674, alla mettre le siége devant Oudenarde ; mais fut obligé de le lever précipitamment à l'approche du prince de
Condé.

[1] Turenne, quand il fut tué, en 1675, venait de battre par deux fois l'armée des électeurs. Voyez l'*Épitre* VIII, p. 221. — [2] Le grand Colbert, qui
vivait encore, encouragea singulièrement les beaux-arts. L'Académie des
inscriptions et belles-lettres prit naissance dans sa maison même, en 1663 ;
celle des sciences fut établie par ses soins trois ans après, et celle d'ar-
chitecture en 1671. Nommé surintendant des bâtiments en 1664, il fit élever la façade du Louvre, l'Observatoire et plusieurs autres édifices remarquables. — [3] Achille et Hercule. — [4] Cette pensée vient d'Horace :

> Si quis bella tibi terra pugnata marique
> Dicat, et his verbis vacuas permulceat aures;
> Tene magis salvum populus velit an populum tu
> Servet in ambiguo, qui consulit et tibi et urbi,
> Jupiter ; Augusti laudes agnoscere possis.

(Ep. I, XVI, v. 25-29.)

Fait bouillonner mon sang et pétiller mes yeux [1] ?
Rien n'est beau que le vrai ; le vrai seul est aimable.
Il doit régner partout, et même dans la fable :
De toute fiction l'adroite fausseté
Ne tend qu'à faire aux yeux briller la vérité.

Sais-tu pourquoi mes vers sont lus dans les provinces,
Sont recherchés du peuple et reçus chez les princes ?
Ce n'est pas que leurs sons, agréables, nombreux,
Soient toujours à l'oreille également heureux,
Qu'en plus d'un lieu le sens n'y gêne la mesure
Et qu'un mot quelquefois n'y brave la césure ;
Mais c'est qu'en eux le vrai, du mensonge vainqueur,
Partout se montre aux yeux et va saisir le cœur ;
Que le bien et le mal y sont prisés au juste ;
Que jamais un faquin n'y tint un rang auguste,
Et que mon cœur, toujours conduisant mon esprit,
Ne dit rien aux lecteurs qu'à soi-même il n'ait dit.
Ma pensée au grand jour partout s'offre et s'expose ;
Et mon vers, bien ou mal, dit toujours quelque chose.
C'est par là quelquefois que ma rime surprend ;
C'est là ce que n'ont point Jonas ni Childebrand [2]
Ni tous ces vains amas de frivoles sornettes,
Montre, Miroirs d'amours, Amitiés, Amourettes [3],
Dont le titre souvent est l'unique soutien,
Et qui, parlant beaucoup, ne disent jamais rien.

Mais peut-être, enivré des vapeurs de ma muse,
Moi-même en ma faveur, Seignelay, je m'abuse.

___

[1] C'est encore une imitation d'Horace, dans la même épître.

> Sed vereor. . . . .
> Neu, si te populus sanum recteque valentem
> Dictitet, occultam febrem sub tempus edendi
> Dissimules, donec manibus tremor incidat unctis. (Vers 21-23.)

[2] Poëmes de Coras et de Carel. Voyez les *Épîtres* VII et VIII, p. 219 et 224, *notes*. — [3] Titres d'ouvrages. Le second indique un conte de Perrault, en prose mêlée de vers.

Cessons de nous flatter. Il n'est esprit si droit
Qui ne soit imposteur et faux par quelque endroit :
Sans cesse on prend le masque, et, quittant la nature,
On craint de se montrer sous sa propre figure.
Par là le plus sincère assez souvent déplaît.
Rarement un esprit ose être ce qu'il est.
Vois-tu cet importun que tout le monde évite,
Cet homme à toujours fuir, qui jamais ne vous quitte ?
Il n'est pas sans esprit; mais, né triste et pesant,
Il veut être folâtre, évaporé, plaisant;
Il s'est fait de sa joie une loi nécessaire,
Et ne déplaît enfin que pour vouloir trop plaire [1].
La simplicité plaît sans étude et sans art.
Tout charme en un enfant dont la langue sans fard,
A peine du filet encor débarrassée,
Sait d'un air innocent bégayer sa pensée.
Le faux est toujours fade, ennuyeux, languissant.
Mais la nature est vraie, et d'abord on la sent;
C'est elle seule en tout qu'on admire et qu'on aime.
Un esprit né chagrin plaît par son chagrin même.
Chacun, pris dans son air, est agréable en soi :
Ce n'est que l'air d'autrui qui peut déplaire en moi.

Ce marquis était né doux, commode, agréable [2];
On vantait en tous lieux son ignorance aimable.
Mais, depuis quelques mois devenu grand docteur,
Il a pris un faux air, une sotte hauteur;
Il ne veut plus parler que de rime et de prose;
Des auteurs décriés il prend en main la cause;

[1] Ce portrait a été fait sur un homme fort obscur dont le nom n'est pas parvenu jusqu'à nous. — [2] « M. L. C. D. F. avait autrefois, dit Brossette dans ses notes, une ignorance fort aimable, et disait agréablement des incongruités; mais il perdit la moitié de son mérite dès qu'il voulut être savant et se piquer d'avoir de l'esprit. » On a cru voir dans ces initiales M. le comte de Fiesque; mais ce portrait, ainsi que le précédent, ressemble à trop de gens pour qu'on ait besoin de savoir le nom du ridicule personnage dont le poëte a voulu se moquer.

Il rit du mauvais goût de tant d'hommes divers,
Et va voir l'opéra seulement pour les vers.
Voulant se redresser, soi-même on s'estropie,
Et d'un original on fait une copie.
L'ignorance vaut mieux qu'un savoir affecté.
Rien n'est beau, je reviens, que par la vérité :
C'est par elle qu'on plaît et qu'on peut longtemps plaire
L'esprit lasse aisément si le cœur n'est sincère.
En vain par sa grimace un bouffon odieux
A table nous fait rire et divertit nos yeux ;
Ses bons mots ont besoin de farine et de plâtre.
Prenez-le tête à tête, ôtez-lui son théâtre,
Ce n'est plus qu'un cœur bas, un coquin ténébreux ;
Son visage essuyé n'a plus rien que d'affreux.
J'aime un esprit aisé, qui se montre, qui s'ouvre
Et qui plaît d'autant plus que plus il se découvre.
Mais la seule vertu peut souffrir la clarté :
Le vice toujours sombre aime l'obscurité.
Pour paraître au grand jour il faut qu'il se déguise :
C'est lui qui de nos mœurs a banni la franchise.

Jadis l'homme vivait au travail occupé
Et, ne trompant jamais, n'était jamais trompé :
On ne connaissait point la ruse et l'imposture ;
Le Normand même alors ignorait le parjure [1] ;
Aucun rhéteur encore, arrangeant le discours,
N'avait d'un art menteur enseigné les détours.
Mais sitôt qu'aux humains, faciles à séduire,
L'abondance eut donné le loisir de se nuire,
La mollesse amena la fausse vanité.
Chacun chercha pour plaire un visage emprunté.
Pour éblouir les yeux, la fortune arrogante
Affecta d'étaler une pompe insolente ;

----

1 « Je date de loin, disait Boileau, à propos de ce vers : c'était deux cents ans
avant le déluge. »

L'or éclata partout sur les riches habits ;
On polit l'émeraude, on tailla le rubis ;
Et la laine et la soie en cent façons nouvelles
Apprirent à quitter leurs couleurs naturelles [1].
La trop courte beauté monta sur des patins ;
La coquette tendit ses lacs tous les matins ;
Et, mettant la céruse et le plâtre en usage,
Composa de sa main les fleurs de son visage.
L'ardeur de s'enrichir chassa la bonne foi ;
Le courtisan n'eut plus de sentiments à soi.
Tout ne fut plus que fard, qu'erreur, que tromperie ;
On vit partout régner la basse flatterie.
Le Parnasse surtout, fécond en imposteurs,
Diffama le papier par ses propos menteurs.
De là vint cet amas d'ouvrages mercenaires,
Stances, odes, sonnets, épîtres liminaires,
Où toujours le héros passe pour sans pareil
Et, fût-il louche ou borgne, est réputé soleil [2].

Ne crois pas toutefois, sur ce discours bizarre,
Que, d'un frivole encens malignement avare,
J'en veuille sans raison frustrer tout l'univers.
La louange agréable est l'âme des beaux vers ;
Mais je tiens, comme toi, qu'il faut qu'elle soit vraie
Et que son tour adroit n'ait rien qui nous effraie.
Alors, comme j'ai dit, tu la sais écouter,
Et sans crainte à tes yeux on pourrait t'exalter.

---

[1]   Nec varios discet mentiri lana colores.
                              (Virg., *Egl.* IV, v. 42.)

[2] Le marquis de Sablé, Abel-Servien, surintendant des finances, n'avait
qu'un œil ; et on ne laissait pas de le traiter de soleil dans les épîtres dédica-
toires et les autres éloges qu'on lui adressait. C'est de ce seigneur que Ménage
avait dit, en 1656, dans une églogue intitulée *Christine* et dédiée à la reine
de Suède :

        Le grand, l'illustre Abel, cet esprit sans pareil,
        Plus clair, plus pénétrant que les traits du soleil.

Mais, sans t'aller chercher des vertus dans les nues,
Il faudrait peindre en toi des vérités connues,
Décrire ton esprit ami de la raison,
Ton ardeur pour ton roi, puisée en ta maison,
A servir ses desseins ta vigilance heureuse,
Ta probité sincère, utile, officieuse.
Tel qui hait à se voir peint en de faux portraits
Sans chagrin voit tracer ses véritables traits.
Condé même, Condé, ce héros formidable
Et non moins qu'aux Flamands aux flatteurs redoutable,
Ne s'offenserait pas si quelque adroit pinceau
Traçait de ses exploits le fidèle tableau,
Et, dans Senef en feu contemplant sa peinture [1],
Ne désavouerait pas Malherbe ni Voiture.
Mais malheur au poëte insipide, odieux
Qui viendrait le glacer d'un éloge ennuyeux !
Il aurait beau crier : *Premier prince du monde!*
Courage sans pareil, lumière sans seconde!
Ses vers, jetés d'abord sans tourner le feuillet,
Iraient dans l'antichambre amuser Pacolet [2].

---

[1] Le combat de Senef avait été livré par le grand Condé aux Allemands, aux Espagnols et aux Hollandais, commandés par le prince d'Orange, le 11 août 1674. Voy. ci-dessus, p. 228, *note* 1. — [2] Le poëme de Charlemagne, publié par Le Laboureur et dédié au prince de Condé, en 1664, commençait ainsi :

> Premier prince du sang du plus grand roi du monde,
> Courage sans pareil, lumière sans seconde
> Et dont l'esprit, égal en diverse saison,
> Sait triompher de tout et cède à la raison.

Quand le prince eut seulement jeté les yeux sur ce début, il donna l'épopée à son valet de pied Pacolet, auquel il ne manquait jamais de livrer les mauvais ouvrages qu'on lui présentait. Voyez ci-dessus, p. 224, *note* 2.

A MES VERS.

Dixième épître de BOILEAU. — 1895.

Boileau, désigné avec Racine, en 1677, pour écrire l'histoire du roi, et fort occupé par ce travail, semblait avoir renoncé à la poésie. Cependant, après seize années de silence, il prit la lyre et composa une ode assez pauvre sur la prise de Namur, en 1693; et l'année suivante il publia sa satire dixième, contre les femmes, qui devait être et fut, en effet, fort critiquée. Les dames de Paris, trois ou quatre exceptées, étaient, à son dire, ou sans honneur, ou coquettes, ou avares, ou querelleuses, extravagantes, insupportables, etc. Ce fut pour répondre à ses censeurs que le poëte publia cette épître, écrite au commencement de l'année 1695. Elle a deux parties : dans la première l'auteur venge la poésie de sa muse par un tour heureux, c'est-à-dire en faisant lui-même à ses vers les reproches que ses ennemis lui avaient adressés. Il a cinquante-huit ans : à cet âge sa verve a dû vieillir; et, tout en l'avouant, il prouve le contraire par la vivacité de ses images. La seconde partie est une apologie de son caractère et de sa conduite. Il y recommande à ses vers, lancés malgré lui dans le public, de le peindre tel qu'il est, et non pas tel que la malveillance l'a représenté. Cette pièce est entièrement calquée sur la vingtième épître du second livre d'Horace.

J'ai beau vous arrêter, ma remontrance est vaine :
Allez, partez, mes vers, dernier fruit de ma veine.
C'est trop languir chez moi dans un obscur séjour :
La prison vous déplaît, vous cherchez le grand jour;
Et déjà chez Barbin [1], ambitieux libelles,
Vous brûlez d'étaler vos feuilles criminelles [2].
Vains et faibles enfants dans ma vieillesse nés,
Vous croyez, sur les pas de vos heureux aînés,

[1] Libraire de Paris. — [2] C'est ainsi qu'Horace commence l'épître adressée à son livre trop pressé d'aller chez les Barbins de ce temps-là :

Vertumnum Janumque, liber, spectare videris;
Scilicet ut prostes Sosiorum pumice mundus.
Odisti claves et grata sigilla pudico :
Paucis ostendi gemis, et communia laudas,
Non ita nutritus. Fuge quo discedere gestis.

(Lib. 1, *Ep.* xx, v. 1-5.)

Voir bientôt vos bons mots, passant du peuple aux princes,
Charmer également la ville et les provinces,
Et, par le prompt effet d'un sel réjouissant,
Devenir quelquefois proverbes en naissant [1].
Mais perdez cette erreur dont l'appât vous amorce.
Le temps n'est plus, mes vers, où ma muse en sa force,
Du Parnasse français formant les nourrissons,
De si riches couleurs habillait ses leçons [2];
Quand mon esprit, poussé d'un courroux légitime,
Vint devant la raison plaider contre la rime [3],
A tout le genre humain sut faire le procès [4]
Et s'attaqua soi-même avec tant de succès [5].
Alors il n'était point de lecteur si sauvage
Qui ne se déridât en lisant mon ouvrage
Et qui, pour s'égayer, souvent dans ses discours
D'un mot pris en mes vers n'empruntât le secours.
Mais aujourd'hui qu'enfin la vieillesse venue,
Sous mes faux cheveux blonds déjà toute chenue [6],
A jeté sur ma tête, avec ses doigts pesants,
Onze lustres complets, surchargés de trois ans [7],
Cessez de présumer dans vos folles pensées,
Mes vers, de voir en foule à vos rimes glacées
Courir, l'argent en main, les lecteurs empressés.

[1] Quelques vers de Boileau ont eu, en effet, cette fortune ; les suivants, par exemple :

> J'appelle un chat un chat et Rolet un fripon. (*Sat.* i.)
> La raison dit Virgile, et la rime Quinaut. (*Sat.* ii.)
> Des sottises d'autrui nous vivons au Palais. (*Ep.* ii.)
> Un sot trouve toujours un plus sot qui l'admire. (*Art poét.*, ch. i.)
> Un fat quelquefois ouvre un avis important. (*Art poét.*, ch. iv.)

[2] Dans son *Art poétique*, publié en 1674. — [3] Dans sa deuxième satire, qui roule sur la difficulté d'accorder la rime et la raison et qui fut publiée en 1664. — [4] Dans sa huitième satire, qu'il appelait la satire de l'homme et qu'il composa en 1667. — [5] Dans sa neuvième satire, écrite aussi en 1667 et dans laquelle il tourne plusieurs écrivains en ridicule sous prétexte de censurer ses propres défauts. — [6] « L'auteur avait pris la perruque. » (*Note* de Boileau.) — [7] Cinquante-huit ans. Boileau était tout joyeux d'avoir pu indiquer si poétiquement son âge et sa perruque.

Nos beaux jours sont finis, nos honneurs sont passés
Dans peu vous allez voir vos froides rêveries
Exciter du public les justes moqueries,
Et leur auteur, jadis à Régnier [1] préféré,
A Pinchêne, à Linière, à Perrin comparé [2].
Vous aurez beau crier : *O vieillesse ennemie !*
N'a-t-il donc tant vécu que pour cette infamie [3] *?*
Vous n'entendrez partout qu'injurieux brocards
Et sur vous et sur lui fondre de toutes parts.

Que veut-il? dira-t-on; quelle fougue indiscrète
Ramène sur les rangs encor ce vain athlète?
Quels pitoyables vers ! quel style languissant !
Malheureux, laisse en paix ton cheval vieillissant,
De peur que tout à coup, efflanqué, sans haleine,
Il ne laisse en tombant son maître sur l'arène [4].
Ainsi s'expliqueront nos censeurs sourcilleux ;
Et bientôt vous verrez mille auteurs pointilleux,
Pièce à pièce épluchant vos sons et vos paroles,
Interdire chez vous l'entrée aux hyperboles,
Traiter tout noble mot de terme hasardeux
Et dans tous vos discours, comme monstres hideux,
Huer la métaphore et la métonymie,

---

[1] Poëte satirique, mort en 1615. — [2] Voyez les *Épitres* VII et VIII, p. 218, note 3, p. 219, *note* 2, p. 226, *note* 1. — [3] Don Diègue, souffleté, s'écrie dans *le Cid*, tragédie de Corneille, acte Ier, scène V :

> O rage ! ô désespoir ! ô vieillesse ennemie !
> N'ai-je donc tant vécu que pour cette infamie?

Cette allusion rappelle la parodie de Furetière, intitulée : *Chapelain dé-coiffé*, qui date de 1664.

> . . . . O perruque ma mie,
> N'ai-je donc tant véeu que pour cette infamie?

[4] C'est une imitation de ces deux vers d'Horace :

> Solve senescentem mature sanus equum, ne
> Peccet ad extremum ridendus et ilia ducat.
>
> (*Ép.* I, 1, v. 8 et 9.)

Grands mots que Pradon croit des termes de chimie [1];
Vous soutenir qu'un lit ne peut être effronté [2],
Que nommer la luxure est une impureté.
En vain contre ce flot d'aversion publique
Vous tiendrez quelque temps ferme sur la boutique ;
Vous irez à la fin, honteusement exclus,
Trouver au magasin Pyrame et Régulus [3]
Ou couvrir chez Thierry, d'une feuille encor neuve,
Les Méditations de Buzée et d'Hayneuve [4] ;
Puis, en tristes lambeaux semés dans les marchés,
Souffrir tous les affronts au Jonas [5] reprochés.

Mais quoi ! de ces discours bravant la vaine attaque,
Déjà, comme les vers de Cinna, d'Andromaque,
Vous croyez à grands pas chez la postérité
Courir, marqués au coin de l'immortalité !
Eh bien ! contentez donc l'orgueil qui vous enivre ;
Montrez-vous, j'y consens ; mais du moins, dans mon livre,
Commencez par vous joindre à mes premiers écrits.

[1] Voyez, sur Pradon, l'*Épître* VII, p. 219, *note* 9. — [2] Boileau parle, dans sa dixième satire, des femmes paresseuses et indolentes, qui,

> . . . . Sans mal toujours malades,
> Se font des mois entiers, sur un lit effronté,
> Traiter d'une visible et parfaite santé.

On avait beaucoup critiqué cette figure, qui attribue au lit l'effronterie de la malade. — [3] Tragédies de Pradon. — [4] « Notre auteur, dit Brossette, étant un jour dans la boutique de Thierry, son libraire, s'aperçut qu'on avait employé les tragédies de Pradon à envelopper les *Méditations* du P. Julien Hayneuve, jésuite. Le P. Buzée, autre jésuite, a fait aussi des *Méditations* autrefois estimées. » — [5] Mauvais poëme. Voyez l'*Épître à Racine*, p. 219, *note* 1. Horace fait la même menace à son livre, qui, après avoir plu un moment par sa nouveauté, deviendra la pâture des mites ou servira d'enveloppes aux ballots envoyés en Afrique ou en Espagne.

> Carus eris Romæ donec te deserat ætas.
> Contrectatus ubi manibus sordescere vulgi
> Cœperis, aut tineas pasces taciturnus inertes,
> Aut fugies Uticam, aut vinctus mitteris Ilerdam.

(*Ep.* I, XX, v. 10-13.)

C'est là qu'à la faveur de vos frères chéris [1],
Peut-être enfin soufferts comme enfants de ma plume,
Vous pourrez vous sauver, épars dans le volume.
Que si mêmes [2] un jour le lecteur gracieux,
Amorcé par mon nom, sur vous tourne les yeux,
Pour m'en récompenser, mes vers, avec usure,
De votre auteur alors faites-lui la peinture;
Et surtout prenez soin d'effacer bien les traits
Dont tant de peintres faux ont flétri mes portraits.
Déposez hardiment qu'au fond cet homme horrible,
Ce censeur qu'ils ont peint si noir et si terrible
Fut un esprit doux, simple, ami de l'équité;
Qui, cherchant dans ses vers la seule vérité,
Fit, sans être malin, ses plus grandes malices,
Et qu'enfin sa candeur seule a fait tous ses vices.
Dites que, harcelé par les plus vils rimeurs,
Jamais, blessant leurs vers, il n'effleura leurs mœurs;
Libre dans ses discours, mais pourtant toujours sage,
Assez faible de corps, assez doux de visage,
Ni petit ni trop grand, très-peu voluptueux,
Ami de la vertu plutôt que vertueux.

Que si quelqu'un, mes vers, alors vous importune
Pour savoir mes parents, ma vie et ma fortune,
Contez-lui qu'allié d'assez hauts magistrats,
Fils d'un père greffier, né d'aïeux avocats,
Dès le berceau perdant une fort jeune mère [3],
Réduit seize ans après à pleurer mon vieux père [4],
J'allai d'un pas hardi, par moi-même guidé
Et de mon seul génie en marchant secondé,

---

[1] C'est ainsi qu'Ovide, dans la première de ses *Tristes*, dit à son livre partant pour Rome que revenu dans sa bibliothèque il y verra ses frères.

> Adspicies illic positos ex ordine fratres,
>   Quos studium cunctos evigilavit idem. (V. 107 et 108.)

[2] Pour *même*. Voyez l'*Épître* VIII, p. 224, *note* 3. — [3] Il n'avait que onze mois quand il la perdit. — [4] Mort en 1657, âgé de soixante-treize ans.

Studieux amateur et de Perse et d'Horace,
Assez près de Régnier m'asseoir sur le Parnasse;
Que, par un coup du sort au grand jour amené,
Et des bords du Permesse à la cour entraîné,
Je sus, prenant l'essor par des routes nouvelles,
Elever assez haut mes poétiques ailes;
Que ce roi dont le nom fait trembler tant de rois
Voulut bien que ma main crayonnât ses exploits [1];
Que plus d'un grand m'aima jusques à la tendresse [2];
Que ma vue à Colbert inspirait l'allégresse;
Qu'aujourd'hui même encor, de deux sens affaibli [3],
Retiré de la cour [4], et non mis en oubli,
Plus d'un héros épris des fruits de mon étude
Vient quelquefois chez moi goûter la solitude.

Mais des heureux regards de mon astre étonnant
Marquez bien cet effet encor plus surprenant,
Qui dans mon souvenir aura toujours sa place :
Que de tant d'écrivains de l'école d'Ignace [5]
Étant, comme je suis, ami si déclaré,
Ce docteur toutefois si craint, si révéré,
Qui contre eux de sa plume épuisa l'énergie,
Arnauld, le grand Arnauld, fit mon apologie [6].
Sur mon tombeau futur, mes vers, pour l'énoncer,
Courez en lettres d'or de ce pas vous placer :
Allez, jusqu'où l'aurore en naissant voit l'Hydaspe [7],
Chercher pour l'y graver le plus précieux jaspe;
Surtout à mes rivaux sachez bien l'étaler.

[1] Avec Racine, qui fut aussi nommé historiographe du roi en 1677. — [2] Il fut aimé par la duchesse d'Orléans, dont Bossuet a fait l'oraison funèbre; par le grand Condé et le duc d'Enghien, son fils; par le prince de Conti, par les deux Lamoignon, etc. — [3] De la vue et de l'ouïe. — [4] Il n'y allait plus depuis 1690, afin de vivre plus tranquille et plus libre. — [5] Entre autres des Pères Bourdaloue, Rapin et Bouhours. — [6] Dans une longue lettre adressée à Charles Perrault le 5 mai 1694. Voyez, sur ce trop célèbre janséniste, l'Épître III, p. 191, et l'Épître VII, p. 218, note 2. — [7] Fleuve des Indes.

Mais je vous retiens trop. C'est assez vous parler.
Déjà, plein du beau feu qui pour vous le transporte,
Barbin impatient chez moi frappe à la porte :
Il vient pour vous chercher. C'est lui : j'entends sa voix.
Adieu, mes vers, adieu pour la dernière fois.

A MON JARDINIER.

Sur le travail du poëte, onzième épître de BOILÉAU. — 1695.

« Notre poëte, dit Brossette dans ses *Éclaircissements historiques* sur
les œuvres de Boileau, travaillant, en 1693, à son Ode sur la prise de
Namur, se promenait dans les allées de son jardin d'Auteuil. Là il
tâchait d'exciter son feu en s'abandonnant à l'enthousiasme. Un jour
il s'aperçut que son jardinier l'écoutait et l'observait au travers des
feuillages. Le jardinier surpris ne savait pas à quoi attribuer les transports de son maître, et peu s'en fallut qu'il ne le soupçonnât d'avoir
perdu l'esprit. Les postures que le jardinier faisait de son côté et qui
marquaient son étonnement parurent fort plaisantes au maître ; de
sorte qu'ils se donnèrent quelque temps la comédie l'un à l'autre sans
s'en apercevoir. Cela fit naître à Despréaux l'envie de composer cette
épître, dans laquelle il s'entretient avec son jardinier, et, par des discours proportionnés aux connaissances d'un villageois, il lui explique
les difficultés de la poésie et la peine qu'il a surtout d'exprimer noblement et avec élégance les choses les plus communes et les plus sè-
ches. De là il prend occasion de lui démontrer que le travail est nécessaire à l'homme pour être heureux. Cette pièce fut composée en 1695.
Horace a aussi adressé une épître à son fermier : c'est la quatorzième
du premier livre. Mais ces deux poëtes ont suivi des routes différentes. »

Laborieux valet du plus commode maître
Qui pour te rendre heureux ici-bas pouvait naître,
Antoine, gouverneur de mon jardin d'Auteuil [1],
Qui diriges chez moi l'if et le chèvrefeuil [2],

[1] Antoine Riquié cultivait déjà ce jardin lorsque Despréaux l'acheta en
1685. — [2] *Chèvrefeuil* est mis pour *chèvrefeuille*, sans doute à cause de la
rime. Voltaire, qui avait connu Antoine, relève ainsi cette licence poétique
dans son *Épître à Boileau* :

> Je vis le jardinier de ta maison d'Auteuil,
> Qui chez toi, pour rimer, planta le chèvrefeuil.

Et sur mes espaliers, industrieux génie,
Sais si bien exercer l'art de La Quintinie[1].
Oh ! que de mon esprit triste et mal ordonné,
Ainsi que de ce champ par toi si bien orné,
Ne puis-je faire ôter les ronces, les épines
Et des défauts sans nombre arracher les racines[2] !

Mais parle ; raisonnons. Quand, du matin au soir
Chez moi poussant la bêche ou portant l'arrosoir,
Tu fais d'un sable aride une terre fertile
Et rends tout mon jardin à tes lois si docile,
Que dis-tu de m'y voir rêveur, capricieux,
Tantôt baissant le front, tantôt levant les yeux,
De paroles dans l'air par élans envolées
Effrayer les oiseaux perchés dans mes allées?
Ne soupçonnes-tu point qu'agité du démon,
Ainsi que ce cousin des quatre fils Aimon[3]
Dont tu lis quelquefois la merveilleuse histoire,
Je rumine en marchant quelque endroit du grimoire?
Mais non ; tu te souviens qu'au village on t'a dit
Que ton maître est nommé pour coucher par écrit[4]
Les faits d'un roi plus grand en sagesse, en vaillance
Que Charlemagne aidé des douze pairs de France.
Tu crois qu'il y travaille et qu'au long de ce mur
Peut-être en ce moment il prend Mons et Namur.

Que penserais-tu donc si l'on t'allait apprendre
Que ce grand chroniqueur des gestes d'Alexandre,

---

[1] Célèbre directeur des jardins du roi. — [2] Horace avait dit au cultivateur de sa campagne :

> Certemus spinas animone ego fortius an tu
> Evellas agro ; et melior sit Horatius, an res.
>
> *Ep.* I, XIV, v. 4 et 5.

[3] Maugis, célèbre enchanteur qui joue un grand rôle dans le roman des *Quatre fils Aimon*, versifié au moyen âge, mis ensuite en prose, et populaire encore aujourd'hui. — [4] Voyez ci-dessus, p. 239, note 1.

Aujourd'hui méditant un projet tout nouveau,
S'agite, se démène et s'use le cerveau
Pour te faire à toi-même en rimes insensées
Un bizarre portrait de ses folles pensées?
Mon maître, dirais-tu, passe pour un docteur
Et parle quelquefois mieux qu'un prédicateur;
Sous ces arbres pourtant de si vaines sornettes
Il n'irait point troubler la paix de ces fauvettes
S'il lui fallait toujours comme moi s'exercer,
Labourer, couper, tondre, aplanir, palisser,
Et dans l'eau de ces puits, sans relâche tirée,
De ce sable étancher la soif démesurée.

Antoine, de nous deux tu crois donc, je le voi,
Que le plus occupé dans ce jardin c'est toi.
Oh! que tu changerais d'avis et de langage
Si deux jours seulement, libre du jardinage,
Tout à coup devenu poëte et bel esprit,
Tu t'allais engager à polir un écrit
Qui dît, sans s'avilir, les plus petites choses,
Fît des plus secs chardons des œillets et des roses
Et sût même aux discours de la rusticité
Donner de l'élégance et de la dignité;
Un ouvrage, en un mot, qui, juste en tous ses termes,
Sût plaire à d'Aguesseau, sût satisfaire Termes [1];
Sût, dis-je, contenter, en paraissant au jour,
Ce qu'ont d'esprits plus fins et la ville et la cour!
Bientôt de ce travail revenu sec et pâle
Et le teint plus jauni que de vingt ans de hâle,
Tu dirais, reprenant ta pelle et ton râteau :
J'aime mieux mettre encor cent arpents au niveau
Que d'aller follement, égaré dans les nues,
Me lasser à chercher des visions cornues,

---

[1] Le marquis de Termes. D'Aguesseau, alors avocat général au parlement de Paris, devint procureur général et chancelier de France.

Et, pour lier des mots si mal s'entr'accordants,
Prendre, dans ce jardin, la lune avec les dents.

Approche donc et viens; qu'un paresseux t'apprenne,
Antoine, ce que c'est que fatigue et que peine.
L'homme ici-bas, toujours inquiet et gêné,
Est, dans le repos même, au travail condamné.
La fatigue l'y suit. C'est en vain qu'aux poëtes
Les neuf trompeuses sœurs dans leurs douces retraites
Promettent du repos sous leurs ombrages frais;
Dans ces tranquilles bois pour eux plantés exprès,
La cadence aussitôt, la rime, la césure,
La riche expression, la nombreuse mesure,
Sorcières dont l'amour sait d'abord les charmer,
De fatigues sans fin viennent les consumer.
Sans cesse poursuivant ces fugitives fées [1]
On voit sous les lauriers haleter les Orphées.
Leur esprit toutefois se plaît dans son tourment,
Et se fait de sa peine un noble amusement.
Mais je ne trouve point de fatigue si rude
Que l'ennuyeux loisir d'un mortel sans étude,
Qui, jamais ne sortant de sa stupidité,
Soutient dans les langueurs de son oisiveté,
D'une lâche indolence esclave volontaire,
Le pénible fardeau de n'avoir rien à faire.
Vainement offusqué de ses pensers épais,
Loin du trouble et du bruit il croit trouver la paix :
Dans le calme odieux de sa sombre paresse,
Tous les honteux plaisirs, enfants de la mollesse,
Usurpant sur son âme un absolu pouvoir,

---

[1] « Les muses. » (*Note* de Boileau.) Si l'auteur n'avait pas déclaré lui-même
que par ces *fugitives fées* il avait voulu indiquer les neuf muses, ses lecteurs
auraient dû croire qu'il s'agissait de la *mesure*, de la *riche expression*, de la
césure, de la *rime* et de la *cadence*, *sorcières* que les poëtes se fatiguent à
poursuivre : c'est le sens tout naturel de la phrase, dont la construction laisse
par conséquent quelque chose à désirer.

De monstrueux désirs le viennent émouvoir,
Irritent de ses sens la fureur endormie
Et le font le jouet de leur triste infamie.
Puis sur leurs pas soudain arrivent les remords;
Et bientôt avec eux tous les fléaux du corps,
La pierre, la colique et les gouttes cruelles,
Guénaud, Rainssant, Brayer, presque aussi tristes qu'elles [1],
Chez l'indigne mortel courent tous s'assembler,
De travaux douloureux le viennent accabler,
Sur le duvet d'un lit, théâtre de ses gênes,
Lui font scier des rocs, lui font fendre des chênes [2],
Et le mettent au point d'envier ton emploi.
Reconnais donc, Antoine, et conclus avec moi
Que la pauvreté mâle, active et vigilante
Est, parmi les travaux, moins lasse et plus contente
Que la richesse oisive au sein des voluptés.

Je te vais sur cela prouver deux vérités,
L'une que le travail, aux hommes nécessaire,
Fait leur félicité plutôt que leur misère,
Et l'autre qu'il n'est point de coupable en repos.
C'est ce qu'il faut ici montrer en peu de mots.
Suis-moi donc. Mais je vois, sur ce début de prône,
Que ta bouche déjà s'ouvre large d'une aune
Et que, les yeux fermés, tu baisses le menton.
Ma foi le plus sûr est de finir ce sermon.
Aussi bien j'aperçois ces melons qui t'attendent
Et ces fleurs qui là-bas entre elles se demandent

[1] Ces trois fameux médecins de Paris étaient morts plusieurs années avant la composition de cette épître. — [2] « L'auteur ayant récité sa pièce à M. d'Aguesseau, avocat général, qui était allé le voir à Auteuil, ce magistrat condamna ce vers : il trouvait la métaphore qu'il contient trop hardie et trop violente. Despréaux lui répondit que, si ce vers n'était pas bon, il fallait brûler toute la pièce. » (*Note* de Brossette.) Ces métaphores sont, en effet, tout à la fois énergiques, naturelles et fort intelligibles, surtout pour Antoine, qui sait ce que c'est que suer à scier des rocs et à fendre des chênes.

S'il est fête au village et pour quel saint nouveau
On les laisse aujourd'hui si longtemps manquer d'eau.

Nous ne donnons pas la douzième et dernière épître de Boileau : c'est une thèse théologique, ou plutôt janséniste, sur l'amour de Dieu. Pour la rendre orthodoxe il faudrait y combler d'immenses lacunes. Le disciple d'Arnauld n'y tient compte que de la charité parfaite, et il y suppose dans son adversaire des principes que jamais école catholique n'a soutenus. C'est sur cette base fausse, en droit comme en fait, que s'appuie la prosopopée qui termine son argumentation, et que nous ne citerons pas non plus, bien qu'on l'ait vantée, parce qu'elle repose, comme tout le reste, sur la double erreur que nous venons d'indiquer. *Rien n'est beau que le vrai* : Boileau lui-même l'a dit. Ajoutons enfin que toute cette épître, roulant sur des disputes heureusement terminées par la condamnation des doctrines du jansénisme, n'a plus aujourd'hui d'intérêt que pour l'histoire des hérésies.

FIN DU TROISIÈME RECUEIL.

TABLE

DES MATIÈRES CONTENUES DANS CE TROISIÈME RECUEIL.

Paris. — Imprimerie Bailly, Divry et comp., place Sorbonne, 2.